田园交响曲

La symphonie pastorale

André Gide

[法国]安德烈·纪德 著

陆洵 译

译林出版社

图书在版编目(CIP)数据

田园交响曲 / (法) 安德烈 · 纪德著 ; 陆洵译 . 南京 : 译林出版社, 2025. 2. --(纪德爱情三部曲).

ISBN 978-7-5753-0346-0

Ⅰ. I565.45

中国国家版本馆 CIP 数据核字第 20241C6C83 号

田园交响曲 [法国] 安德烈 · 纪德 / 著 陆洵 / 译

责任编辑 唐洋洋
装帧设计 山川制本workshop
封面插图 Owent Gent
校　　对 施雨嘉
责任印制 颜 亮

原文出版 Gallimard, 1972
出版发行 译林出版社
地　　址 南京市湖南路 1 号 A 楼
邮　　箱 yilin@yilin.com
网　　址 www.yilin.com
市场热线 025-86633278
排　　版 南京展望文化发展有限公司
印　　刷 南京新世纪联盟印务有限公司
开　　本 787 毫米 × 1092 毫米 1/32
印　　张 3.625
插　　页 4
版　　次 2025 年 2 月第 1 版
印　　次 2025 年 2 月第 1 次印刷
书　　号 ISBN 978-7-5753-0346-0
定　　价 39.00 元

献给让·施伦贝格尔

《田园交响曲》导读

张秋子

“你教会了我和其他几代人知识上的诚实。”与纪德成为莫逆之交后，莫里亚克对纪德表达了感激之情。

透过朋友们的眼睛，我们看到了一个自我立法者的逐渐成熟。他笔耕不辍，在欧洲每一次动荡与和平交错的历史进程中见证、记录与反思，他变得越来越像一个道德家——不是对主流道德小心翼翼地遵守抑或破罐破摔地对抗，而是审慎地确立与塑造独属于自己的道德法则，岁月与洞察让他越来越诚实、坦然地对待自我，他也越来越习惯于把自己作为方法，观察人类的正义、德性、意识、神性以及劣性。《田园交响曲》在他五十岁这年问世，此时，他比以往任何时刻都更具有足够的经验与智慧来面对道德的问题了。所以，这部小说扣上了三部曲的最后一环，他交出的回答，正是莫里亚克提到的“诚实”，只不过，这种诚实仍然不是用简单的“赤诚”或者“坦白”来传递的，它就像河底砂石中的金沙，需要读者拨开泥沙，方可见得。

1919年问世的《田园交响曲》可以被视为《背德者》与《窄门》的结合，它延续了纪德“表达与掩饰”“自白与自欺”的核心命题，又把以往写作中所涉及的宗教、禁欲、压抑等元素和谐地融为一体，故事显得更加立体丰盈，技巧也更加醇熟。当然，纪德从来不是一位对“好看的故事”着迷的作家，相反，他在书信与日记中都谈到过对“流畅”和“好看”的厌弃，它们不过是老派作家用以吸引读者的把戏，当作家满心想着一挥而就地写出一个充满逻辑、速度与悬念的“好看故事”时，他更多地是在讨好读者。纪德看似傲慢的拒绝让人想到神学家 C. S. 路易斯那个有趣的对照：看小说只会看事件（event），相当于听歌只会听调调（tune），一个现代作家需要的，始终都是借由故事，勘探人类思维更深处的矿藏。也正因为如此，这部脱胎于狄更斯《炉边蟋蟀》的小说具有明显的“反狄更斯”气质，虽然两位作家都讲到了盲女、错位的爱以及收养等情节，但狄更斯更习惯以巧合、主流价值观以及喜气洋洋的结局为读者们奉上一道简单爽口的甜点，读者与作家一样，绝不会背上任何伦理与道德的负担。纪德对狄更斯“惩恶扬善”“大团圆”的伦理观深恶痛绝，在《关于陀思妥耶夫斯基的六次讲座》中就毫不留情地批评过狄更斯的“幼稚”，而在本书中，他也彻底地瓦解了狄更斯的原故事，让乏味简单的道德金字塔垮塌，于一片狼烟与废墟中升起了对于人性更为深沉的拷问。

与《背德者》中的米歇尔或者《窄门》中的阿丽莎类似，《田园交响曲》中的神父也建立在纪德最根本的艺术观之上：他被择定了一种与其本性相悖逆的社会角色，以至于他的一生不得与既定的角色周旋应对，或顺从或对峙，或认输或对抗。然而，在纪德看来，任何为了按照既定规则行事而偏离天性的行为，都是对自我的背叛，也都是不诚实，所以，纪德诚实的思考，是从对于不诚实地对待自我中析出的。这部小说仍然以第一人称的口吻讲述，叙事者是一位牧师，他偶然间救下了一位失去庇护的盲女，他一直认为自己是出于宗教的救赎情怀才救下了女孩，可是妻子比他更早地发现了他的私心：他对女孩存有私欲，从一开始就没有把女孩当成是真正的孩子或者学生，他在她身上倾注了恋人般的心血，为她提供了良好的教育，却根本没有意识到自己在一天天远离妻子与五个孩子。

在很多微小的细节中，我们看到纪德揭露人潜意识的手法变得更加成熟了。当牧师第一次看到盲女时，他将她描述为“就像一堆无意识的肉体，任由自己被别人带来带去”。此处的笔法极为精湛，我们可以设想一下，如果牧师自认是上帝的代理人，那么他应该看到的是被拯救的“羊”，或者是“可怜人”，如果牧师自认为是一位长辈，那么他应该看到的是孩子，可是他看到是“肉”——活色生香、青春洋溢而且任人带走的肉体，只有从一个男人包含色欲的眼睛中，才能看到这副肉体。因而，牧师从一开始对女孩的描述中就暴露了他不自知的潜意识。只有成熟的作家，才会在极简的一笔中向读者传递关于人物形象的大量秘密，像美国作家奥康纳只花了一笔来说一个女人的脸像“卷心菜”，但足以让读者领悟这是一个耽于厨房琐事、毫无灵魂的乏味的女人形象；或者像卡夫卡，也只花了一笔描述一个女人的手指长了“蹼”，如此古怪的“蹼手”却足以激发读者意识与想象——这个女人也许像海妖塞壬一样，专门引诱别人。显然，到了《田园交响曲》时期，纪德的笔力也已经成熟了。

除了细节上的成熟，《田园交响曲》还以更为微妙的方式呈现出纪德的反讽与隐喻艺术。小说的名字源自贝多芬的同名乐曲，牧师用它作为自然之美和音乐之和谐的例子，他所收养的孤女天真无邪，相信自己看不到的世界就像那部交响乐那样和谐美丽。但是对于田园梦幻的相信，都是建立在“盲”与“瞒”之上的，这本身就是对田园梦幻的冷酷讽刺；此外，牧师对于盲女恢复视力的恐惧，从故事情节上来看固然是怕她看到自己老朽的模样不再喜爱，从隐喻的层面上谈，也可以理解为牧师对直面真正自我的拒绝，不再遮蔽、不再盲目，有时候恰恰是不可忍受的。这情形，也许就像柏拉图在著名的“洞穴喻”中描绘的，一些人走出黑暗的洞穴，却由于无法承受刺眼的天光，只得再次返回了洞中，满足地栖居在自我欺瞒中。所以，孤女既可以视作牧师潜意识恋慕的对象，也可以理解为牧师自我欺骗、自我遮蔽的象征本身。

之所以选择牧师作为主角的职业，也和纪德对宗教的态度有关。他对《圣经》《福音书》有着极深的领悟与热情，但他从来不打算屈服做一位信徒，也从未从根本上被宗教中的任何形而上学原则所困扰。然而，在母亲与妻子身上，他看到了太多被外在律令捆绑本性、无法舒展的悲剧，因而意识到宗教对于现代人来说仍然是最强有力的外在规训。纪德是这样一个人：他拒绝制定任何教条，而是以一种自律的态度来训练自我、治理自我从而解放自我，反过来，与宗教相关的信徒往往会成为他试图抨击和解绑的对象。简而言之，他关注诚实而非救赎，关注伦理而非宗教，在很多方面，他都近乎于“渎神”。所以，我们会从与纪德过从甚密的诗人克洛岱尔讲述的那则往事中看清纪德的态度。在一次与主教共进晚餐的过程中，克洛岱尔点燃了一个可丽饼，火苗高蹿之时，他说：“这就是上帝要对纪德做的事。”

纵观纪德的三部曲，我们看到的不仅是作品叙事艺术的日渐成熟，也看到作品背后那个人的成熟，他不断丰富着自己思考的主题：个人与上帝的关系、灵与肉的纠缠、大胆的价值判断对传统伦理的挑战、伪造与表达之间的暧昧、中产阶级的道德观与宗教信仰之间的狼狈为奸……然而，它们又统统可以归结到一个问题上：我们能否勇敢地认清自己、说出自己并且扩展自己？通过这些看似不同的故事，纪德走上了一条与他最喜爱的作家陀思妥耶夫斯基同样的路：在最个殊的故事中展现人类最普遍的经验，它们终将超越一时一地、移风易俗的习惯、记忆与规则的束缚。

第一册

189× 年 2 月 10 日

大雪下了整整三天，阻断了道路，让我去不了 R 村。十五年来，我每月都要去那里主持两次弥撒。今天上午，只有三十名信徒聚在拉布雷维讷村的小教堂里。

这段足不出户的闲暇时光，我恰好可以用来好好回忆一番，讲一讲我是如何照顾热特吕德的。

我早就想在这里写一写这个虔诚的灵魂诞生与成长的整个过程。我似乎只是出于崇拜和爱慕，才把她带出漫漫黑夜。感谢主把这项使命托付给我。

两年半前，有一天当我从拉绍德封村回来时，一位素不相识的小姑娘急匆匆地跑来找我，要把我带到七公里外的一处地方，去看一位奄奄一息的可怜老太。马还没有卸套，于是我让小姑娘上了马车，并给自己准备了一只灯笼，因为我觉得天黑之前无法赶回。

我自认为对这片区域的每个地方都了然于胸，但是过了萨德雷伊农场后，小姑娘带我走了一条我之前从未涉足过的路。走了两公里后，左边冒出一池湖水，咫尺天地却别有洞天，我方才认出此处正是我年少时滑过冰的地方。我从未在此地任过教职，所以十五年来我一次都没回来过，我也不知道它在何方，它已经在我的脑海里渐渐模糊。忽然，金光与红霞交织的落日黄昏在我眼前浮现，让我宛如置身梦中。

道路沿着水流而下，穿过森林边缘，然后绕过泥炭沼泽。我以前肯定从未来过这里。

夕阳西下，我们在阴凉里走了很久。终于，我的小向导指给我看，山坡上有一座茅屋。若不是袅袅炊烟从屋内飘出，会让人感觉那里无人居住。我把马拴在附近的一棵苹果树上，然后和小姑娘一起来到老太太刚刚去世的昏暗房间。

此时此刻，我被庄严厚重的风景和寂静隆重的气氛惊得目瞪口呆。一位看上去还算年轻的女人跪在床边。小姑娘则点燃了一根蜡烛，站在床脚一动不动。我原以为小姑娘是逝者的孙女，其实只是她的仆人。在漫长的路途中，我曾试图与她攀谈，但始终没能从她口中套出半个字。

跪在地上的女人站了起来。我最初猜测她是一位亲戚，其实并非如此。她只是一位邻居、一位朋友而已。当仆人看到女主人日渐衰弱时，便去找她，而她也主动提出要守灵。她告诉我，老太太已经去世了，没有遭受任何痛苦。我们一起商定了下葬安排和葬礼仪式。在这个偏远的地方，我必须决定一切，这是常有的事。我承认，把这个外观如此简陋的房子留给这位女邻居和这个依然还是个孩子的仆人照看，我感到有些为难。然而，在这间破屋的犄角旮旯里似乎不太可能还藏着什么宝贝……我又能做些什么呢？不过，我还是问了问老太太是否留下了继承人。

这时，女邻居拿起一支蜡烛，朝着屋里的一角照去。我这才看到角落里蹲着一个人，但看不清是谁。她似乎睡着了，浓密的头发几乎完全遮住了她的脸庞。

“那个瞎眼的姑娘，据女仆说是老太太的侄女，看来这个家就只剩下她了。我们得把她送进收容所，否则我不知道她会变成什么样。”

当着她的面听到这番决定她命运的话，这让我颇感不快。我担心这些残酷的话会伤了她的心。

“别吵醒她，”我轻声细语劝着女邻居，让她至少说话小声点。

“哦，我认为她没睡着，但她是个白痴。她不会说话，也听不懂别人说的话。从我今天早上进屋开始，她就一动不动。起初我以为她是聋子，女仆说她不是。但老太太自己也是聋子，从来不跟她说话，也不跟其他人说话。她只有在吃东西或喝水时才会张开嘴，这种情况已经持续很久了。”

“她多大了？”

“我想，大概十五岁吧！再说，我知道的也不比你多……”

我并没有立即想到要亲自照顾这个遭人遗弃的可怜女孩。但在我祈祷之后，更确切地说，是在我祈祷期间，我跪了下来，跪在女邻居和小女仆之间，她们俩人也都跪在床边。我猛然想到，上帝把一种义务摆在了我的面前，除非心生怯懦，否则我就不能回避它。当我站起身时，我已经下定决心要在当天晚上把孩子带走，尽管我还没有想好以后该如何处理她，或是把她托付给谁。我呆呆地望着老太太熟睡的脸庞，沉思了片刻。她噘起的小嘴仿佛被守财奴的钱袋绳索牵引着，嘱咐我不要让任何东西溜走。然后，我转向瞎眼的女孩，把我的意图告诉了女邻居。

她说：“明天有人来收尸的时候，她最好不要在这里。就这样。”

人们有时喜欢凭空捏造反对意见，若不是因为这样，很多事情其实是很容易办到的。从孩提时代起，我们就经常被阻止去做我们想做的事，只因为我们听到周围的人不断地说：“他做不了的……”

盲女就像一堆无意识的肉体，任由自己被别人带来带去。她的五官长得很周正，相当漂亮，但面无表情。我从房屋角落的草垫子上取下一条毯子，上面是通往阁楼的楼梯，她平时大概就睡在那个角落里。

女邻居十分热心，帮我把她仔细裹好。暮色纯净，夜风凉爽。点亮敞篷车里的灯笼后，带着这捆蜷缩在我身旁的肉体，我又出发了。这具肉体没有灵魂，我只能通过黑暗中的体温来感知她的生命。在回家的路上，我一直在想：她睡着了吗？那是怎样一种黑沉沉的睡意啊……清醒和睡意又有什么不同呢？主啊，在这具密不透光的躯体里，无疑有一个灵魂在等待着。她虽然身陷囹圄，却在等着你的恩典向她洒下几缕光芒！也许，你会允许我用自己的爱来驱散这可怕的黑夜吗？……

我十分在意说真话，所以即便回家处境尴尬，我也绝不会沉默不语。我的妻子堪称美德之园，即使我们在经历重重困境之时，我也从未怀疑过她品德高尚的内心。她天性仁慈，不喜欢受到惊吓。她是个有条不紊的人，坚持行事有度不逾矩，做事恪尽职守。她有仁爱之心，但不爱心泛滥，仿佛爱是会枯竭耗尽的宝藏。这是我们唯一产生争论的地方……

那天晚上，当我的妻子看到我和小姑娘一起回来时，她的第一个念头就在这叫喊中表露无遗了：

“你又在搞什么鬼？”

每次我们之间需要解释的时候，我都会让孩子们先出去。他们站在那里，嘴巴张得大大的，充满了疑问和惊讶。哎，他们是如此迎接我归来，这与我的期待差了十万八千里！只有我亲爱的小夏洛特开始手舞足蹈，拍手叫好，因为她意识到有新的、有生命的东西要从车里出来了。不过，其他几个孩子常受母亲的管教，马上叫她冷静下来，让她规矩点儿。

有一会儿，大家都大惑不解。由于我的妻子和孩子们都还不知道他们接待的是一位盲人，所以他们怎么也想不通，我为何如此小心翼翼地为她引路。我全程一直握着她的手，我的手一旦离开，这个可怜的残疾人就会发出奇怪的呻吟声，让我颇为狼狈。她的叫声听起来一点都不像人类发出的，倒像小狗的叫唤。她蹲在那儿，这是她生平第一次从自己狭小的日常天地中挣脱出来，正是这些日常感觉构成了她的整个世界。但当我把一把椅子拿给她时，她一屁股坐了下去，仿佛不知道该如何坐下。接着，我把她领到壁炉边，当她能以我第一次在老太太的壁炉边看到她时的姿势蹲下，并靠在壁炉架上时，她又恢复了一些镇静。在车上，她已经从座位上滑了下去，一路蜷缩在我脚边。我的妻子一直在帮我，她最自然的举动总是最美好的。不过她的理智总在不断抗争，而且常常战胜她的内心。

“你打算怎么处理这东西？”等到小姑娘坐定后，她继续问道。

听到这样的称呼，我的灵魂都被刺痛了，几乎控制不住自己的愤怒之情。然而，我仍然沉浸在漫长而宁静的冥想中。我克制住了自己，转过身，朝他们走去。他们又围成了一圈，我伸手摸着瞎眼小姑娘的额头：

“我要把迷途的羔羊带回来。”我极力保持着郑重其事的口吻。

但是阿梅莉不承认《福音书》的教诲中存在任何不合理或过分合理之处。看到她正要开口反对，我便向雅克和萨拉做了个手势，于是他们带着两个最小的孩子走开了。他们俩人对我们夫妻之间的争吵习以为常，况且他们对此也不太好奇（在我看来有时甚至是完全不关心）。然后，我的妻子仍然一言不发，而且在我看来，她还因为这个不速之客的出现而有些恼羞成怒：

“你就当着她的面说吧，”我补充道，“这个可怜的孩子听不懂的。”

接着，阿梅莉开始陈述她的反对意见，说她对我无话可说——这通常是长篇大论的惯用铺垫——对于我所能提出的任何最不切实际、最违背习俗和常识的建议，她所要做的就是一如既往地听从。我已经在前面写过，我还没有想好要怎么对待这个孩子。我还未觉察到，哪怕是隐约觉察到把这个孩子安置在我们家的可能性。我几乎可以说，是阿梅莉首先向我提出了这个想法，因为她问我是否认为我们“家里人还不够多”。然后，她说我总是一意孤行，从不担心之后遇到的种种阻力。在她看来，家里有五个孩子已经够多了，自从克洛德出生以后（就在那时，克洛德仿佛听到有人喊他的名字，开始在摇篮里哭叫），她已经“受够了”，她感到筋疲力尽。

当她开口抛出这些言辞时，几句基督箴言几乎要从我嘴里脱口而出，但我忍住没说，因为我总觉得以圣书的权威来掩盖自己的行为是不体面的。但当她辩解称自己很累时，我还是羞愧难当，因为我承认，我不止一次让妻子承受了我不假思索的热心肆意泛滥的后果。不过，她的这些指责让我明白了自己的责任。因此，我非常温和地请阿梅莉考虑一下，如果换作是她，她是否也会这样做，又怎么忍心让一个明显无依无靠的人陷入困境。我还说，照顾这位残疾的客人确实会给家庭平添许多劳累，我对此并不抱任何幻想，不过我感到遗憾的是无法经常帮助她。最后，我竭尽所能地安慰她，恳请她不要对这位无辜的女孩产生她本不应该产生的怨恨。然后，我向她指出，萨拉现在已经长大了，可以帮她更多的忙，雅克也可以不用她照顾了。总之，上帝让我说出了应该说出的话，帮助她接受了我确信她会心甘情愿承担的事情，只要在这件事上给予她思考的时间，只要我没有任意左右她的意愿。

我本以为事情差不多得到解决了，我亲爱的阿梅莉已经在亲切地靠近热特吕德。但当她拿起台灯稍稍检查了一下之后，发现孩子脏得难以形容，于是她的怒火又一次爆发了。

“真是臭气熏天，”她喊道，“刷一刷，快点刷。不，不能在这里。到外面去抖一抖。天哪，孩子们会浑身爬满虱子的。在这个世界上，我最害怕的就是虱子。”

这个可怜的女孩肯定浑身都是，一想到我在车厢里和她挤在一起那么久，我就忍不住做了个厌恶的动作。

过了两分钟，当我尽力收拾好回来时，我发现妻子倒在扶手椅上，双手抱头，泣不成声。

“我从未想过要让你经受这样的考验，”我温柔地向她说着，“不管怎样，今天已经很晚了，东西也看不清楚。我来看着炉火，防止它熄灭，让小姑娘好好睡一觉。明天我们给她剪头发，给她好好洗洗。等你看她的眼神里没有了惊恐，你再照顾她吧。”我让她别跟孩子们提这事。

晚餐时间到了。我的被保护人把我递给她的一盘汤一扫而光，而我们年迈的罗莎莉在为我们服务时向她投去了充满敌意的目光。这顿饭吃得很沉闷。我本想谈谈我的冒险经历，和孩子们讲一讲，让他们理解和感受赤贫的奇特之处，唤起他们对上帝恳请我们收留此人的怜悯和同情。但我害怕再次激起阿梅莉的怒火。仿佛已经有人下达了命令，让我们忽略和忘却此事，尽管我们之中没人会因此浮想联翩。

当所有人都上床睡觉，阿梅莉把我单独留在房间里一个多小时后，我十分感动地看到我的小夏洛特半开了门，穿着衬衫，光着脚缓缓走了过来，然后搂住我的脖子，用力抱住我，向我低声念叨：

“我还没有对你好好说声晚安呢。”

接着，她轻轻地用食指指了指那个已经躺平休息的傻乎乎的瞎眼姑娘。她想在睡觉之前再看上一眼：

“我为什么没能亲亲她？”

“你明天再亲她吧。现在我们走吧，不要打扰她了。她睡着了。”我边说边把她送到门口。

接着，我又坐了下来，或是阅读，或是准备我的下次布道，一直忙到天亮。

“当然，”我当时想（我现在还记得），“夏洛特今天比她的哥哥姐姐们表现得要亲切许多。不过，他们每个人在这样的年纪时，不都给我留下了与众不同的印象吗？我的大儿子雅克，他现在是如此疏远，如此拘谨……人们以为他们性格温存，其实他们只是喜欢对别人笑脸相迎，喜欢得到别人的关爱。”

2 月 27 日

夜里又下起了大雪。孩子们很高兴，因为他们说，很快就不得不从窗户爬出去了。事实上，今天早上大门被堵住了，我们只能从洗衣房出去。昨天，我确信村子里有足够的食物，因为我们可能要与世隔绝一段时间。冬天的大雪困住了我们，这已经不是第一次了。但我不记得曾经有过这么厚的大雪。借此机会，我想把昨天开讲的故事继续讲下去。

我说过，当我把这位残疾人带回家时，我并没有过多考虑她在家里会占据什么位置。我了解妻子的抗压力不佳，我知道我们的空间有限，我们的资源也非常有限。我的行为，就像我一贯的做法一样，既是出于自然的倾向，也是出于原则的考虑，丝毫没有计算我的冲动可能会导致我付出何种代价（我一向认为这与教义格格不入）。但是，指望上帝或是麻烦别人则是另一回事。我很快明白，我双手交付给阿梅莉的是一项沉重的任务，沉重到一开始我都感到惊慌失措了。

我尽我所能地帮她给小姑娘理发，我看到她剪的时候已经流露出厌恶的神情。但在给小姑娘洗脸和擦身时，我不得不让我的妻子来做。我意识到，最繁重不堪、最令人不快的照料工作没有落到我的身上。

顺便说一句，阿梅莉没有提出丝毫抗议。她似乎在夜里仔细考虑过这件事，并最终接受了这个新负担。她甚至仿佛对此还颇为开心，我看到她打扮好热特吕德后还露出了笑容。一顶白色的帽子盖住了她剃光的头，我在上面涂了药膏。阿梅莉刚把破衫烂衣扔进了火堆，随即便给热特吕德换上了萨拉的几件旧衣服和干净的内衣。热特吕德这个名字是夏洛特取的，我们所有人都立刻接受了这个名字，我们不知道她的真名，连孤儿自己也不知道，我也不知道该去哪里寻找。她的年纪应该比萨拉小一点，所以萨拉一年前穿不了的衣服她穿起来很合身。

我必须承认，在最初的几天里，我感到了深深的失望。我确实为热特吕德的教育做了完整的规划，但残酷的现实把我原本美好的幻想击得粉碎。她脸上冷漠、迟钝的表情，抑或是她绝对不善表达的神情，把我的热情降到了冰点。她整天都待在炉火旁，时刻提防着别人。只要听到我们的声音，特别是只要我们一靠近她，她的面容似乎就会变得僵硬。这样的面容不再是不善表达，而是充满敌意。如果你试图引起她的注意，她就会开始哼哼叽叽，发出动物般低沉的吼声。这种愠怒的神色直到临近开饭时才有所缓解，我亲自为她端菜，她如饿虎扑食般扑了上来，让人看了心疼不已。如同爱的付出与回报一样，面对这个灵魂的顽固拒绝，我感到一股厌恶感袭遍了我的全身。是的，确实如此，我承认在最初的十天里，我感到绝望，甚至对她失去了兴趣，以至于我后悔当初的冲动之举，情愿自己压根没把她带回家来。有趣的是，面对这些我无法掩饰的情感，阿梅莉却有些得意忘形了，她似乎觉得热特吕德成了我的负担，她在我们之间的存在让我羞愧难当，所以阿梅莉把热特吕德照顾得更加无微不至，心地也更加善良。

就在这时，我的朋友马丁斯医生来看望我，他来自特拉韦尔山谷，当时正在挨家挨户巡诊病人。我跟他讲了讲热特吕德的情况，他对此很感兴趣。起初他对热特吕德如此迟缓的状态颇感惊讶，毕竟她只是个瞎子。但我向他解释说，她的残疾是由于之前一直独自照顾她的老太太造成的，老太太耳朵听不见，从来没跟她说过话，所以这个可怜的孩子一直处于完全被遗弃的状态。他让我相信，在这种情况下，我产生绝望的情绪是不对的，而且我也做得不好。

他跟我说："你还没有找到一个坚实的地基，就想开始建设了。记住，这个灵魂中的一切都混沌未开，甚至连灵魂的雏形都还未勾勒出来。首先，你需要把涉及触觉和味觉的几种感觉捆绑在一起，然后在此基础上增加一个声音、一个词语，如同增加一个标签一样。你要一遍又一遍地反复说给她听，然后试着让她重复一遍。"

"最重要的是不要操之过急。要定时照看她，但不要连续照看太长时间……"

"此外，"他向我详细解释后又补充道，"这个方法并不难。它不是我发明的，别人早已用过了。你还记得吗？当初我们一起学习哲学时，我们的老师在谈到孔狄亚克[1]和他的活体雕像时，给我们讲过一个与此类似的例子……除非，"他顿了顿，又继续说道，"我是后来在一本心理学杂志上读到的……总之，这件事让我印象深刻，我甚至还记得这个可怜的孩子的名字，她比热特吕德还要惨，她又

[1] 孔狄亚克（Condillac,1714—1780），法国哲学家。

聋又哑，还看不见。我不知道上世纪中叶英国哪个郡的一位医生收留了她。她的名字叫劳拉·布里奇曼[1]。这位医生记录了孩子的进步，将来你也要这么做的。至少，他从一开始就记录了自己为了教育她而付出的努力。一连几天，一连几个星期，他坚持让她交替触摸两样小东西，先是一根别针，然后是一根羽毛，接着让她触摸在盲人专用纸张上刻制的'别针'和'钢笔'这两个凸起的英文单词。过了几个星期，他的付出没有收到任何效果。孩子的躯体内似乎没有生命栖息其中，但他没有因此气馁。他说："我感觉自己俯身靠在一口又深又黑的井边，拼命摇晃着绳子，希望最终有一只手能抓住它。因为他一刻都没有怀疑过，有人就在幽深的井底，绳子最终会被抓住。终于有一天，他看到劳拉漠然的脸上露出了一丝微笑。我相信，那一刻从他眼中涌出的是感激和爱的泪水；我相信，他一定跪下来感谢了老天爷。劳拉突然明白了医生想要她做什么：她得救了！从那天起，她开始专心学习，进步神速，很快就自学成才，后来还当上了一家盲人学院的院长——要不然

[1] 劳拉·布里奇曼（Laura Bridgman,1829—1889），真实历史人物，应该为美国人，被医生收养。

就是另一个人……因为最近又出现了其他事例，报纸杂志都对此进行了长篇累牍的报道，惊呼这样的人怎么会幸福。在我看来，这有点愚蠢。因为事实是：这些遭到禁锢的人个个都很快乐，他们一旦得到表达的机会，就会讲述自己的快乐。自然，记者们欣喜若狂，并从中汲取了教训，用于告诫那些‘享受’着自己的五种官能却还敢抱怨的人……”

我和马丁斯的讨论由此开始，我反对他的悲观主义。他似乎觉得感官终归只会让我们失望，但我不接受他这样的观点。

“我不是这样理解的，”他反驳道，“我只想说，人类的灵魂更容易也更愿意对优美、自在、和谐产生想象，而不是对到处败坏、贬低、玷污和撕裂这个世界的混乱与罪恶产生想象，我们的五种官能既告诉我们这些，又帮助我们提升这些。因此，倘若用一句话来应接维吉尔的名言‘何其幸福’，我宁愿用‘不知其恶’，而不愿用教育我们的‘自知其善’。如果人们能无视邪恶，那该是多么幸福啊！”

然后，他跟我谈起了狄更斯的一部小说。他认为这部小说的灵感直接来源于劳拉·布里奇曼的事迹。他答应马上就寄一本给我。四天后，我真的收到了《炉边蟋蟀》，满怀喜悦地读了一遍。小说讲述的故事有点长，不时还弥漫着悲伤情绪，讲的是一位年轻的盲人姑娘，她的父亲是贫穷的玩具工匠。他为自己的女儿编造了舒适、富裕和幸福的生活。狄更斯的艺术造诣让这份谎言显得虔诚有度。不过谢天谢地，我不必对热特吕德撒这样的谎。

马丁斯来看我的第二天，我就开始把他教的方法付诸实践，竭尽全力地去实践。我现在后悔当初没有按照他的建议，记下热特吕德在这条黎明之路上迈出的前面几步，其实我自己也是在一边摸索一边引导她。在最初的几个星期里，我花费了比想象中更多的耐心，这不仅是因为第一次教育需要耗费时间，还因为我为此遭到了责备。我不得不痛心地说，这些责备来自阿梅莉。此外，我之所以在这里提到这些，那是因为我跟她无仇无怨——我的申明是郑重其事的，以防她日后读到这一页页文字。（基督不是在“迷途羔羊”的寓言之后就教导我们要宽恕别人的过错吗？）我还要说：她责备我最厉害的地方，是她不赞成我照顾热特吕德这么长时间，对此我却并不责怪她。我责怪她的是，她不相信我的照顾会收到任何成效。是的，正是这种缺乏信心让我感到苦恼，但并没有让我气馁。我经常听到她念叨："如果你能有所成就就好了……"而她仍旧愚钝地认为，我付出的努力是徒劳的。因此，我把时间花在这件事上，在她看来自然是不体面的。她总是声称把时间花在其他地方会更好。每当我照顾热特吕德时，她都觉得有必要提醒我，还有谁或是还有什么事在等着我，我为这事耗费了时间，而我本该把时间花在其他事上的。最后，我认为她是出于一种母性的嫉妒，因为我不止一次听到她对我说："你对自己的孩子从来没有这么关心过。"这倒是真的，因为虽然我非常爱我的孩子们，但我从不认为我需要对他们关怀备至。

我常常意识到，对于某些人而言，"迷途羔羊"是最难接受的寓言之一，即使他们认为自己是虔诚的基督徒。他们显然无法理解的是，在牧羊人的眼中，如果将羊群中的某一只羊单独放在一边，都可能比其他所有的羊加起来还要珍贵。还有这样的描述："如果一个人有一百只羊，其中一只走失了，难道他不是把其他九十九只羊留在山上，去找那只走失的羊吗？"如果他们敢于直言不讳，他们就会宣称这些看似充满善意的话语包含着最令人反感的不公正。

热特吕德开始面露笑容，她的微笑温暖了我，也是对我的关心给予了百倍的回馈。因为"这只羊，如果被牧羊人找到，我实话告诉你，它给牧羊人带来的快乐比其他九十九只从未走失的羊还要多”。是的，我实话实说，我没有哪个孩子的笑容能像某天早晨我在那尊雕像般的脸上所看到的那样，让我的内心充满了纯洁的喜悦，因为她似乎突然开始理解我这么多天来一直想教给她的东西，并对这些东西产生了兴趣。

3月5日。我把这个日子记录为出生日期。与其说是微笑，不如说是变了一个人。她的表情骤然间生动起来，仿佛一道一闪而过的亮光，仿佛阿尔卑斯高山上的紫红色光芒，在黎明来临之前射向白雪皑皑的山巅，让山巅为之震动，从茫茫夜色中浮现出来，宛如一抹神秘的色彩。我还想到了毕士大池[1]，想到了天使降临、唤醒死水的那一刻。热特吕德突然露出天使般的表情，让我狂喜不已。因为在我看来，那一刻降临在她身上的与其说是智慧，不如说是爱。于是，一股感激之情涌上心头，在上帝的见证下，我吻了吻她美丽的额头。

尽管取得第一个成果很困难，但紧接着取得进步却

[1] 《圣经》中靠近耶路撒冷羊门的一个池子，病人、残疾人怀着希望来到这里，盼望在适当的时候进入池子，得到医治而奇迹般地痊愈。

异常迅速。今天，我努力回忆我们走过的路。有时在我看来，热特吕德突飞猛进，似乎在嘲笑我们的方法。我记得我起初坚持强调物体的性质而非种类：热的、冷的、温的、甜的、苦的、粗糙的、柔软的、轻盈的……然后强调动作：推开、合拢、抬起、交叉、放下、打结、散开、聚拢等等。没过多久，我把所有的方法弃之不用，开始和她聊天，不过我不太担心她的思维是否能一直跟上我。我和她聊得很慢，引导她、激发她，让她能够自由自在地向我提问。当我离开她后，她的脑海里一定在进行着某些工作，因为每次我见到她时都会有新的惊喜，我觉得我和她之间的距离又缩短了一些。我心想，春天惠风和畅，就是靠着锲而不舍逐渐战胜冬天的。我曾经多少次欣赏过积雪融化的场景：就像大衣一样，下摆虽然磨旧，外观却保持不变。每年冬天，阿梅莉都会告诉我：雪一点儿都没变。你以为它还很厚，但就在转瞬之间，它已经一处又一处地把路让了出来，让生命再次显现。

我担心热特吕德整天待在火炉旁会萎靡不振，像个老太太一样，于是便带她出去走走。但她只愿意挽着我的胳膊一起散步。她只要一出家门，就感到惊恐，感到害怕。这让我意识到，在她向我开口之前，她从未有机会出去过。在我发现她的小屋里，除了有人给过她食物让她免受饥寒交迫之外（我不敢说是活下去），没有人照顾过她。这间房间的墙壁把她团团围住，构成了她黑暗无边的世界，让她一刻都无法踏离。炎炎夏日，每当房门敞开，面向明亮广阔的世界时，她才敢壮着胆子在门槛边待上一会儿。后来她告诉我，当她听到鸟儿歌唱，她认为这纯粹是光线的作用，如同她感到脸颊和双手被轻轻抚摸一般。她来不及多想，温暖的空气开始歌唱，这对她而言十分自然，如同水被大火煮沸一般。事实上，在我开始照顾她之前，她什么也不担心，什么也不关心，一直生活在深深的麻木之中。当我告诉她这些细小的声音是从活生生的生物身上发出来的，它们唯一的功能似乎就是感受和表达大自然零零散散的欢乐时，我还记得她喜不自胜的神情。（正是从那天起，她习惯说："我像鸟儿一样快乐。"）然而，一想到这些歌声描绘的是她无法想象的壮观景象，她便陷入了忧郁。

"大地真的像鸟儿描述的那样美丽吗？为什么别人不这么说？为什么你不告诉我？难道是害怕我看不到会伤心吗？那你就错了。鸟儿的话我听得一清二楚，我觉得完全听得懂它们说的话。"

“那些看得见的人可没有你听得清楚，我的热特吕德。”我说着，希望能给予她安慰。

“为什么其他动物不唱歌呢？”有时，她的问题让我无比惊讶。在那一瞬间，我确实感到困惑，因为她迫使我反思在此之前我顺理成章接受的事。就这样，我第一次想到，动物离大地越近，就越沉重，也就越悲伤。我想让她明白这些，于是便给她讲了讲松鼠和它的游戏。

她接着问我，动物界里是不是只有鸟儿会飞。

我告诉她：“还有蝴蝶。”

“它们会唱歌吗？”

“它们有别样的表达快乐的方式，”我回答道，“体现为它们翅膀上的各种颜色……”我向她描述了五彩缤纷的蝴蝶。

2 月 28 日

我要回想一番，因为我昨天心神不定。

为了教热特吕德，我不得不自学盲文字母表。但没过多久，她读这种文字就比我读得熟练多了，而我很容易迷失在其中。况且，我更乐意用眼睛而不是用手来识字。此外，教她的人也不止我一个。起初我很高兴有人帮我完成这项任务，因为我在当地事务繁多，这一带的人们又住得很分散，所以我有时不得不路远迢迢地去看望穷人和病人。雅克回来和我们一起过圣诞节，滑冰时把胳膊摔断了。因为他此前回到了洛桑，先是完成了基础学业，然后进入了神学院。骨折并不严重，我马上喊来了马丁斯。无需外科医生帮忙，马丁斯一人就轻轻松松把骨伤解决了。不过由于需要静心休养，雅克不得不在家待了一段时间。他突然对热特吕德产生了兴趣，而在此之前，他根本没把她放在眼里。他与热特吕德的接触仅限于他养病的时候，大约有三个星期。在此期间，热特吕德进步明显。此时此刻，一股前所未有的热情正在激励着她。她这个人昨天还是麻木不仁的，但当她迈出前面几步后，就在她几乎还没学会走路之前，便已经开始奔跑了。她可以如此轻松、如此迅速地表达自己的想法，我对此深感钦佩。她表达思想的方式非但不幼稚，反而很正确。我们刚刚教她的东西，或是我们正在谈论、向她描述的东西，即使我们未能把这些东西直接放在她手上，她也能将其用来塑造自己的想法，其塑造方式既出乎意料，又令人愉悦。因为我们就像测距员测量距离一样，总是用她触摸得到、感觉得到的东西来解释她无法触及的东西。

但是，我认为没有必要把这种教学的起始阶段在这里一一记录。毫无疑问，所有针对盲人的教学中都包含这些阶段。因此，我觉得关于颜色问题，每位教师碰到后都会陷入同样尴尬的境地（在这个问题上，我注意到《福音书》中没有一处地方提过颜色）。我不知道其他人是怎么做的，就我而言，我从一开始就按照彩虹呈现的顺序，跟她讲明了三棱镜中折射出的各种色彩的名称。但她的脑海里立刻产生了颜色与光亮之间的混淆。我意识到，她的想象力无法区分色调差异与画家所说的“浓淡变化”。她最难理解的是，每种颜色既可深浅变化，也能无限融合。这个问题完全激发了她的好奇心，让她不断在这个问题上纠结徘徊。

不过，我还是带她去了纳沙泰尔，让她听了一场音乐会。交响乐中每种乐器的作用让我又回到了色彩问题上。我向热特吕德指出，铜管乐器、弦乐器和木制乐器具有不同的音色，每种乐器都能以自己的方式发出从最低音到最高音的所有音阶，只不过音量不同罢了。我请她想象一下，在大自然中，红色和橙色类似于圆号和长号，黄色和绿色类似于小提琴、大提琴和低音提琴，紫色和蓝色则类似于长笛、单簧管和双簧管。她的疑虑一下子被一股内心的喜悦取而代之。

“这一定很美！”她反复说道。

接着，她突然问道：“那白色呢？我搞不清楚白色会像什么样子……”

我立刻意识到，我的对比是多么靠不住。

“白色，”我试着告诉她，“是所有音调融合而成的高音极限，就像黑色是低音极限一样。”

但是这样的回答没让我满意，也没让她满意。她马上向我指出，木管乐器、铜管乐器和小提琴在低音区和高音区都是截然不同的。有很多次，就像那时一样，我一开始不得不保持沉默，显得茫然无措，并努力思考我可以做出何种比较来解答她的疑问。

“好吧，”我最后向她说道，“你想象一下，白色是完全纯净的东西，没有颜色，只有光亮；而黑色则相反，它充满了色彩，直至被完全掩盖……”

我之所以在此处提到这段对话的只言片语，只是想举例说明我时常遇到的困难。热特吕德的优点在于她从不会不懂装懂，就像人们经常做的那样，用不精确或虚假的数据来填塞自己的头脑，从而让自己丧失推理能力。只要她还没有形成清晰的想法，那么每一个概念对她来说都是烦恼和尴尬的根源。

正如我前面所说，在她的脑海里，光和热的概念最初是紧密联系在一起的，以至于我后来很难将它们区分开来。

就这样，我不断通过她进行实验，去探究视觉世界与声音世界究竟是有多么不同，而试图在两者之间所做的一切比喻又是多么苍白无力。

2 月 29 日

由于忙于比较，我还没有提到热特吕德在纳沙泰尔的这场音乐会上所获得的无穷乐趣。《田园交响曲》正是在那里演奏的。我之所以说“正是”，是因为我最希望她听到的作品莫过于此，这一点很容易理解。我们离开音乐厅后，热特吕德一直闭口不言，沉默了很长一段时间，仿佛沉浸在狂喜中不能自拔。

“你看到的真有这么美吗？”她终于开口说道。

“亲爱的，真有多么美？”

“就像‘溪边情境’一样美。”

我没有马上回答她，因为我在想，这些和谐难以名状，描绘的不是世界曾经的面貌，而是它本来应有的样子，是它没有邪恶也没有罪恶的可能模样。而在此之前，我从未敢向热特吕德谈及邪恶、罪恶与死亡。

“那些长着眼睛的人，”我终于开口说道，“并不知道自己的幸福。”

“但我这个没有眼睛的人，”她立刻喊道，“我知道能够听得到是件很幸福的事。”

她一边走，一边把身子贴在我身上，像小孩子一样压着我的胳膊：

“牧师，你能感觉到我有多高兴吗？不，不，我说这些并不是为了取悦你。看着我：当说出的话不是真话的时候，难道从脸上就看不出来吗？我从声音里就能听得出来。那天，在我姑姑（她就是这样称呼我妻子的）责备你不懂得为她做事之后，你对我说你没有哭，你还记得吗？我哭喊道：‘牧师，你在撒谎！’哦，我一听你的声音就知道你没说实话。不用摸你的脸颊，我就知道你哭过。”她不停地大声说道：“不，我不需要摸你的脸颊。”我的脸不禁红了起来，因为我们当时还在城里走，一些路人纷纷转过身来。不过，她还在继续往下说：

“你可别想骗我。首先，试图愚弄一个双目失明的女人是非常懦弱的行为……其次，这样做是行不通的。”她笑着补充道，“告诉我，牧师，你没有不开心吧？”

我把她的手贴在我的唇边，似乎想让她感觉到，我的快乐有一部分来自她，但又不愿开口向她承认。于是我回答道：

“是的，热特吕德，我没有不开心。我怎么会不开心呢？”

“不过，你有时会哭吗？”

“我有时会哭。”

“我说的那次以后，你是不是没再哭过？”

“是的，从那以后我就没再哭过。”

“你不想哭了吗？”

“是的，热特吕德。”

“告诉我……从那以后，你有没有想过撒谎？”

“没有，亲爱的孩子。”

“你能向我保证你永远都不会欺骗我吗？”

“我保证。”

“好吧！那你现在就告诉我：我漂不漂亮？”

我被这个突如其来的问题吓了一跳，尤其是因为直到现在，我才想到注意热特吕德那无与伦比的美貌。我认为她自己完全没有必要意识到这一点。

我马上告诉她：“你知道这些又有何用呢？”

“我关心这个。”她继续说道，“我想知道，我是不是……怎么说呢……我是不是在交响乐音乐会中显得不太协调。牧师，我还能问谁呢？”

“牧师无须担心面容的美丑。”我说道，尽力为自己辩解。

“为什么呢？”

“因为对他来说，心灵美已经足够了。”

“你宁愿让我觉得自己很丑。”她噘着迷人的小嘴说。我忍无可忍，不禁高声说道：

“热特吕德，你知道你很漂亮。”

她一言不发，脸上的表情显得十分严肃。直到我们回家，她的表情都没有变过。

我们一回到家，阿梅莉就想尽办法让我觉得我今天的做法，她是不赞成的。她本可以事先告知我，却一声不吭让热特吕德和我走掉了。这符合她一贯的做法，即先听之任之，然后保留责备的权利。她并没有特别责备我，但她的沉默本身就带有指责的意味。因为她知道我带了热特吕德去听音乐会，她问我们听到了什么岂不是很自然的事？她对热特吕德的快乐所表现出的一丝一毫的兴趣，岂不是会增加孩子的快乐？阿梅莉其实也没有沉默不语，她似乎装模作样地说了一些话，说的只是一些最无关紧要的事情。直到晚上，等到孩子们都上床睡觉后，我才把她叫到一边，严肃地问她：

“我带热特吕德去听音乐会，你生气了吗？”我得到了这样的回答：

“你为她做的事，却不会为你的家人做。”

她总是这样抱怨，总是拒绝理解我为何会欢迎外面过来的孩子，而不是自己家里的孩子，就像寓言里所说的那样。看到她丝毫不顾及热特吕德的体弱多病，我也深感痛苦。因为热特吕德除了这一节庆以外，就再无其他开心的日子了。如果说那天我很凑巧抽出了时间——别人通常都是这样要求我的——那么阿梅莉的指责就更加不公正了。因为她清楚地知道，我的每个孩子不是有工作要做，就是有其他事要忙。而她自己，阿梅莉，则对音乐兴味索然，所以当她完全空闲时，她也绝不会想到去听音乐会，即使音乐会就在家门口举办。

更让我难受的是，阿梅莉居然敢当着热特吕德的面说这些话，因为虽然我一直不让妻子插手，但她还是抬高了嗓门，好让热特吕德听到。片刻之后，阿梅莉离开了我们，我走到热特吕德身边，握住她纤细的小手，把它贴在我的脸上：

“你看！这次我没有哭。”

“不，这次轮到我哭了。”她一边说着，一边尽力朝我挤出笑容。当她向我抬起美丽的脸庞时，我突然看到她已经泪流满面。

3月8日

我能带给阿梅莉的唯一快乐，就是不做她不喜欢的事。这是爱的消极表达，也是她唯一允许我做的。我的生活已经被她搞得如此狭小，她却无法意识到这一点。啊！我真希望她能要求我为她做一件困难的事情啊！我多么乐意为她做些胆大妄为之事啊！但是，她似乎很反感任何不合常规的事情。因此，对她来说，生活的进步不过是在过往的基础上平添一些相似的日子。在我的身上展现新的美德，甚至是多了一些已被认可的美德，她既不愿看到，更不接受。她若不是在指责，便是在忧心忡忡地看待心灵的努力，想要透过基督教教义看到本能归化之外的东西。

我必须承认，有一次在纳沙泰尔，我完全忘了阿梅莉的吩咐去缝纫用品店结账，还忘了给她带回一盒针线。但事后，我比她还生气，因为我答应过自己不会忘事，我深知“在小事上忠诚的人，在大事上也会忠诚”。我担心她会从我的健忘中得出什么结论，我甚至希望她因此说我几句，因为在这一点上，我肯定是罪有应得。但是，就像经常发生的那样，想象中的委屈胜过了准确的指责：啊！如果我们满足于真正的罪恶，而不听从我们心中的幻象与怪物，那生活该是多么美好，我们也能忍受自己的苦难……不过，我在这里还是要冒昧记下一句更适合作为布道主题的话（《马太福音》第十二章第二十九节："不要忧虑。"）。我其实要讲述的是热特吕德心智与道德成长的故事。我还是言归正传吧。

我曾经希望能够一步步跟踪她的成长过程，而且我已经开始对其进行详细记述。但是，我没有时间把所有阶段都详细写下来，而且现在要回溯确切的顺序也非常困难。我全身心地投入了记事工作，首先我记录了热特吕德的思考和跟她的对话，许多都是新近发生的事情。任何人读到这几页都会惊讶地发现，她的表达如此准确，她的推理如此清晰。她进步神速，令人惊讶不已：我常常钦佩她的思考速度。她的思维能迅速地吸收我给予她的知识养料，并通过持续的吸收与成熟过程，将其变成自己的东西。她不断给我惊喜，不断超越我的思想，往往两次谈话后，我的学生就已经判若两人，令我刮目相看。

几个月以后，她的心智似乎从长眠中醒了过来。事实上，她表现出的心智水平已经超越了大多数年轻女孩，因为年轻女孩会被外面的世界弄得心不在焉，她们的注意力会被许多琐碎的事情所吸引。此外，我认为她的年龄比我们最初想象的要大许多。她似乎在尽力利用自己的失明，以至于我开始怀疑，在很多方面，这种缺陷是否反倒成了她的优势。尽管如此，我难免把她和夏洛特比较一番。对于夏洛特，有时我不得不让她反复上课，因为我看到她被飞来飞去的小虫搞得心神不定，我不禁会想：“好吧，如果她看不见，就会认真听我讲，那该多好啊！”

不用说，热特吕德十分喜爱读书。但是，为了尽可能多地陪伴她思考，我希望她不要读太多的书——或者至少是我不在她身边的时候不要读太多的书——主要是不要读太多的《圣经》，这对于一个新教徒来说似乎非常奇怪。我会解释这个情况，但在讨论如此重要的问题之前，我想讲述一件与音乐有关的小事。在我的记忆中，这件事发生在纳沙泰尔音乐会之后不久。

是的，我想这场音乐会是在暑假前三周举行的，那时雅克才回到我们身边。在此期间，我不止一次地让热特吕德坐在我们小教堂前的小型管风琴前。这架管风琴通常由德拉姆小姐保管，热特吕德现在就住在她家。路易丝·德拉姆还没有开始对热特吕德进行音乐教育。尽管我很喜欢音乐，但我对音乐知之甚少。当我挨着她坐在键盘前时，自觉没有能力教她任何东西。

“不，别管我，”她跟我说道，“让我自己摸索。我喜欢自己一个人。”

我心甘情愿地离开了她，因为小教堂似乎并不适合我和她单独待在一起，这既是出于对圣地的尊重，也是出于对流言蜚语的恐惧，尽管我通常尽量不把流言蜚语放在心上。但这流言蜚语不仅与我有关，也与她有关。当地如有任务需要我去巡访，我就会带她去教堂，然后把她留在那里，常常一待就是好几个小时，然后在回来的路上再去接她。她会十分耐心地探索和声。傍晚时分，我发现她正在专心致志地听某段和声，这让她心醉神迷，陷入其中久久不能自拔。

差不多六个多月前，8月的头一天，我打算去慰问一位可怜的寡妇，但我到了那里发现人不在家。先前我把热特吕德留在了教堂，于是我便再回到那里去接她。她不会料到我这么快就回来了。我非常惊讶地发现，雅克就在她身边。他们俩都没有听见我进来，因为我发出的声音很小，完全被管风琴的声音盖住了。窥伺别人不是我的天性，但与热特吕德有关的一切都与我息息相关。于是，我压低脚步声，悄悄地爬上了通往长廊的几级台阶，来到了一处廊台，此处真是绝佳的观察点。我不得不说，在我待在那里的整个过程中，我没有听到他们中的任何一个人讲出一句在我面前不能讲的话。他和她背靠在一起，有好几次，我看到他拉着她的手，用手指在琴键上指指点点。她以前告诉过我，她对他的意见和指导视而不见，但这次却又欣然接受，这不是很奇怪吗？我听了后十分惊讶，十分痛苦，不愿承认这是真的。我正想插嘴时，突然看见雅克掏出了手表。

“我现在该走了，”他说，“我父亲很快就会回来。”

接着，我看到他把她给他的手放在自己的嘴边，然后他就离开了。过了一会儿，我悄无声息地走下楼梯，打开了教堂的门，让她听到我的声音，让她觉得我刚刚进门。

“好的，热特吕德！你准备回家了吗？管风琴练得还好吗？”

“是的，很好。”她向我开口说道，声音自然至极，“我今天真的取得了一些进步。”

一股巨大的悲伤流遍了我的心脏，但我们谁都没有提到我刚才讲述的事情。

我迫不及待地想和雅克单独见个面。热特吕德、我的妻子还有我的孩子们，他们跟往常一样，晚饭后很快就离席了，好让我们两人有时间彻夜长谈。我一直在等待这一刻的到来。但在和他交谈之前，我感到心绪不宁。面对这个让我备受煎熬的话题，我不知道该如何谈论，也不敢贸然开口。突然，他首先打破了沉默，声称要和我们一起度过整个假期。我知道他的朋友T在等着他，他选择了T作为他的旅伴。因此，我心里很清楚，他忽然改变主意与我刚刚撞见的那一幕不无关系。于是一股怒火袭遍我的全身，但我又担心，如果我任由怒火发作，那我的儿子永远也不会对我敞开心怀。我也担心说话语气太强硬的话，过后自己会后悔。所以我努力平复情绪，用了最自然的口吻：

“我以为T还指望着你呢。”我跟他说道。

“哦，”他回答道，“他根本没指望我。况且，我不去的话，他也不愁找不到人。我在这里休息得和在伯尔尼高地一样好，而且我真的觉得我可以更好地利用我的时间，而不是在山里奔波。”

“总之，”我说，“你在这里找到事情做了吗？”

他看了我一眼，从我的话音里听出了些许讽刺。但由于他还不明白其中缘由，于是便故作轻松地继续说道：

“你知道，比起拄登山杖，我更乐意读读书。”

“是的，我的朋友，”我盯着他说，“但你不觉得管风琴课对你来说比读书更有吸引力吗？”

他一定感觉到自己的脸变红了，因为他把手放在额头前，似乎想遮住灯光。但他几乎马上就振作了起来，用一种我意料中的不那么自信的声音说：

“不要过分指责我，爸爸。我无意向你隐瞒任何事情，我正要向你承认，而你抢先了一步。”

雅克说起话来从容不迫，就像在看书一样，心平气和地把这个句子说完了，仿佛说的内容与他自己无关。他非凡的定力让我气愤不已。他感觉我要打断他说话，于是把手举了起来，似乎在对我说：“不，你可以等一会儿再说，让我先说完。”但我抓住了他的胳膊，用力摇了摇：

“哦，我宁可永远不要见到你，”我急切地喊道，“我也不要看到你在热特吕德纯洁的心灵里挑起事端。我不需要你的忏悔！利用她的残疾、天真和坦率，这是一种面目可憎的懦弱行为。我觉得你最好永远不要有这种能力！你还如此镇定自若地跟我说这些……好好听着：我要对热特吕德负责，我再也忍受不了你碰她、看她、跟她说话的样子。”

“但是，爸爸，”雅克说话的语气依然那么心平气和，让我听了怒气冲天，“相信我，我尊重热特吕德，就像你尊重你自己一样。如果你认为我的行为、我的本意和我内心的秘密有任何可指摘之处，那你就大错特错了。我实话告诉你，我爱热特吕德，我对她的尊重并不亚于我对她的爱意。打扰她，利用她的天真和失明，无论对你还是对我来说，都是令人憎恨的举动。”接着，他反驳道，他想成为她的依靠，成为她的朋友和丈夫。他认为在他下定决心娶她之前，没有必要跟我谈这件事。热特吕德本人还不知道这个决定，他想先跟我聊聊这件事。“这就是我必须向你承认的事，”他补充道，“相信我，我没有什么其他可坦白的了。”

雅克的这番话让我大吃一惊。就在听他讲的时候，我的太阳穴怦怦直跳。我原本准备斥责他一顿。但当他一一反驳了所有令我愤慨的理由后，我感到更加心烦意乱，以至于在他讲话结束时，我已经对他无话可说了。

“我们去睡觉吧。”沉默了许久以后，我终于开口说道。我站起身来，把手搭在他的肩膀上。“我对这一切的看法，明天我会告诉你的。”

“至少告诉我你不再生我的气了。”

“我需要夜里好好想想。”

翌日，当我再次见到雅克时，我恍惚觉得是第一次见到他。我突然意识到，我的儿子已经不再是一个孩子，而是一名年轻人了。只要我还把他当成孩子，那我所惊讶的这种爱就可能显得极为可怕。整个晚上，我都在说服自己，告诉自己这是非常自然和正常的。为什么我的不满会愈发强烈呢？这一点只有过后我才会明白。与此同时，我必须和雅克谈谈，告诉他我的决定。但直觉和良知同时明确地告诫我，必须不惜一切代价阻止这桩婚事。

我把雅克带到花园幽深处。到了那儿，我首先开口问他：

“你向热特吕德表白了吗？”

“没有，”他对我说，“也许她已经感觉到了我的爱意，但我还没有告诉她。”

“好吧！那你要答应我，不要再向她提起此事。”

“爸爸，我答应过一定要听你的话，不过我能否知道你的理由是什么呢？”

我犹豫着要不要告诉他，我也不太清楚脑子里最先冒出的理由是否应该首先道明。说句实话，我的所作所为是受良心而不是受理智支配的。

“热特吕德太年轻了。”我最后说道，“想想看，她还没有领过圣餐呢。你知道的，她和其他孩子不一样。唉！她的成长已经被耽误了很久。当她第一次听到爱意绵绵的情话，她很可能表现得过于多情善感了，因为她太容易相信别人。正因为如此，才不该对她说这些话。占有一个缺乏自我保护能力的人，是懦夫的行为，我知道你不是懦夫。你说你的感情无可指摘。而我说这份感情有罪，因为它还不成熟。热特吕德还做不到小心谨慎，那就由我们来替她小心谨慎。这是一个良心问题。”

雅克有一个优点，如果要约束他，只须简简单单地说上一句：“我请你讲讲良心。”这是我在他小时候经常说的话。然而，我一边看着他，一边心想，如果热特吕德能看见的话，她一定会赞叹他高大修长的身躯，如此挺拔，又如此柔韧，天庭饱满，没有一丝皱纹，目光坦率，脸庞上仍然稚气未脱，但神色忽然又变得严肃起来。他没戴帽子，头发灰白，留得还挺长，在鬓角处微微卷起，把耳朵都遮住了一半。

“我还想问你一件事，”我从我们坐着的长椅上站起来说，“你说你打算后天离开，我求你务必准时动身。你说你要离开整整一个月，我求你不要缩短这趟旅程，哪怕缩短一天也不成。你明白了吗？”

“好的，爸爸，我听你的。”

我觉得他的脸色变得极其苍白，甚至连嘴唇都变了色。不过我相信，他的爱一定不是很强烈，才会如此迅速地屈服，我由此感到一种难以言喻的宽慰。此外，他的顺从也让我百感交集。

“我又见到了以前那个讨人喜欢的孩子。”我轻声说道，然后把他拉到我身边，吻了吻他的额头。他微微后退了一下，但我不想因此感到不安。

3月10日

我们的房子太小了，我们不得不挤在一起住。这对我的工作来说，有时很不方便——尽管我在一楼留着一个小房间，我可以去那里接待我的客人——特别是当我想单独和一个孩子谈谈，而谈话的氛围又不能显得太严肃，那就更不方便了。孩子们把这间充当会客室的小房间戏称为圣地，平时他们是不允许进入的。但就在那天早上，雅克去了纳沙泰尔，他要去那里买旅游鞋。由于天气很好，孩子们吃过早饭后，就和热特吕德一起出门了。他们俩领着热特吕德，热特吕德也领着他们。（我很高兴地注意到，夏洛特对她照顾有加。）由于我和阿梅莉总是在客厅里喝茶，所以到了喝茶时间就自然而然地只剩下我们俩四目相对了。这正是我所希望的，因为我迫不及待地想和她说说话。我和她面对面的机会太少了，所以我面对她时很害羞，而我要告诉她的事情又是如此重要，让我局促不安，仿佛要说的不是雅克的忏悔，而是我自己的忏悔。在我说话的时候，我还感觉到，两个人毕竟过着同样的生活，而且彼此相爱，却可以在很大程度上保持（或变得）神秘，彼此隔绝。在这种情况下，无论我们彼此对对方说什么话，听起来都像在试探，提醒我们这道隔墙的阻力，如果我们一不小心，这道墙就有可能变得越来越厚……

“昨天晚上和今天早上，雅克和我交流过。”她倒茶的时候，我开口说道，我的嗓音和雅克昨天说话的声音一样颤抖。“他告诉了我他对热特吕德的爱慕之情。”

“他告诉你是对的。”她看也没看我，继续做她的家务，好像我跟她讲的是很自然的事情，抑或是好像我什么也没告诉她。

“他告诉我他想娶她，他的决心……”

“这是意料之中的事。”她喃喃地说，微微耸了耸肩膀。

“那你早就觉察到了？”我有点紧张地说。

“早就看出来了。但男人就是不懂得注意这些。”

既然反驳也没有用，况且她或许也言之有理，那我就干脆反对了：

“既然如此，你就应该提醒我。”

她的嘴角露出了一丝略显紧张的微笑，她有时会用这种微笑来掩饰和保护自己的沉默寡言，然后斜着眼睛摇了摇头：

“一切你不会注意到的事，我都非得警告你吗？”

这样的含沙射影是什么意思呢？我不知道，也不想知道，于是继续说道：

“总之，我想听听你是怎么想的。”

她叹了口气，然后说：

“你知道，我的朋友，我从来都不赞成这个孩子出现在我们中间。”

看到她这样提及过去的事，我很难不感到窝火。

“这不是热特吕德出现不出现的问题。”我回应道，但阿梅莉已经继续往下说了：

“我一直认为这只会带来麻烦。”

出于和解的强烈愿望，我一下子接过了话茬：

“所以你认为这样的婚姻只会令人不快。好吧！这正是我想听你说的，很高兴我们意见一致。”我又接着说我向雅克提出我的理由时，他顺从地接受了，因此她也不用再担心什么。一切都说定了，他明天就动身出发，这趟出行要持续整整一个月。

我最后说：“我和你一样，都不希望他回来时还在这儿见到热特吕德，所以我想最好还是把她托付给德拉姆小姐。我可以继续去德拉姆小姐家看她，因为我对她确实负有责任，这一点我并不隐瞒。之前我试探了这位新房东，她非常乐意为我们效劳。这样一来，你就可以摆脱生活的困境。路易丝·德拉姆会照顾热特吕德的。她对这样的安排很满意。她已经开开心心地给热特吕德上起了音乐课。”

阿梅莉似乎决心保持沉默，于是我继续说道：

“既然我们不想让雅克背着我们去找热特吕德，我想最好还是提醒一下德拉姆小姐，你觉得呢？”

我想通过这样的问话让阿梅莉开口说话，但她双唇紧闭，似乎发誓什么也不说。我继续问话，不是因为我有什么要补充的，而是因为我无法忍受她的沉默：

“此外，雅克这趟旅行回来，也许他因爱受伤的内心已经被治愈了。他这个年纪的人知道自己的欲望吗？”

“哦！即便他们再大点，我们也不一定了解他们。”她用奇怪的口吻回答道。

她的语气故作神秘而又矫揉造作，让我颇为恼火。因为我生性坦率，不喜欢故弄玄虚。我转过身去，请她解释一下她话里的意思。

“没什么，我的朋友，”她语带悲伤地说道，“我只是在想，你希望别人对你没有注意到的事提个醒。”

“那后来呢？”

“后来我想，提醒别人并不容易。”

我说过我讨厌故作神秘，所以原则上我拒绝话里有话的表达。

“当你想让我理解你的时候，你就会试着更清楚地表达自己。”我又说了一遍，说得有点突然。但说完我就后悔了，因为我看到她的嘴唇颤抖了一会儿。她把头转过去，然后站起身，犹豫不决而又步履蹒跚地在房间里走了几步。

“不过说真的，阿梅莉，”我叫道，“既然一切都完好如初，你为何还会难受呢？”

我感觉我的目光让她局促不安，于是我背对着她，靠在桌子上，头枕在手上，对她说道：

“我刚才对你说的话太生硬了。抱歉。”

接着，我听到她向我走来，我感觉到她的手指轻轻地放在我的额头上。她泪光闪闪，温柔地对我说：

“我可怜的朋友！”

随即她便离开了房间。

当时在我看来，阿梅莉的言语中透露着神秘，但我很快就明白了。我把这些话原原本本地写了下来。那天，我才意识到，热特吕德该走了。

3 月 12 日

我给自己规定了一项义务，每天要花点时间在热特吕德身上。根据当天的安排，可能有几个小时，也可能只有片刻时间。与阿梅莉谈话的第二天，我就比较空闲。面对这么晴朗的天气，我带着热特吕德穿过森林，来到蜿蜒起伏的汝拉山脉，透过枝枝蔓蔓远眺广袤的大地。天朗气清时，远眺的目光便能越过薄雾，瞧见白雪皑皑、巍峨壮观的阿尔卑斯山。当我们到达我们常常席地而坐的地方，太阳已经在我们的左侧渐渐西沉。我们的脚下是一片草地，草丛不高，却很茂密。更远处，几头奶牛正在吃草。这些奶牛游走在群山间，每一头的脖子上都挂着一个铃铛。

热特吕德一边听着它们发出的叮叮当当的声音，一边说："它们在描绘风景。"

和每次外出散步一样，她让我描述一下我们驻足停留的地方。

我告诉她："其实你已经知道了，这里是阿尔卑斯山的边缘。”

“今天能看得清吗？”

“能看到壮观的全貌。”

“你告诉过我，它们每天看起来都有些不同。”

“我今天该拿什么来比喻它们呢？好比炎炎夏日对水的渴望。夜幕降临之前，它们就会化为乌有。”

“我想请你告诉我，我们面前这片广阔的草地上，到底有没有百合花？”

“没有，热特吕德。百合花不长在这么高的地方，或者说能长在这么高地方的只有少数稀有品种。”

“不是有人们所说的田野百合吗？”

“田野里没有百合花。”

“纳沙泰尔附近的田野里也没有吗？”

“田野里没有百合花。”

“那上帝为何对我们说‘看看田野里的百合花’？”

“在他生活的时代，一定有田野百合花，所以他才会这样说。但人类的耕作使它们消失了。”

“我记得你经常对我说，这个世界上最需要的是信任和爱。难道你不认为，只要多一点信任，人类就会重新看到它们吗？当我听到这番话时，我向你保证，我真的看到了它们。我来跟你描绘一下，好吗？它们看起来就像熊熊烈焰中的铃铛，蔚蓝色的巨大铃铛里充满了爱的芬芳，在晚风中摇曳。你为什么跟我说我们面前没有呢？我能感觉得到，我能看到草地上到处都是。”

“它们并不比你看到的更美，我的热特吕德。”

“告诉我，它们也同样美丽。”

“它们和你看到的一样美。”

她引用基督的话说：“我实实在在地告诉你，即使是所罗门，在他所有的荣耀时刻，他的衣着也不像它们中的一朵。”她的声音听起来如此悠扬，我似乎是第一次听到这些话语。她若有所思地念叨着：“在他所有的荣耀时刻。”然后又陷入了一阵沉默。我继续说道：

“热德吕德，我跟你说过：长着眼睛的人都不懂观察。”在我的内心深处，我听到了这样的祈祷：“我感激你。哦，上帝啊，你向谦卑的人揭示了你对聪明的人所隐藏的东西！”

“你要是知道，”她于是兴高采烈地喊道，“你要是知道我想象这一切是多么容易就好了。哎，你想让我给你描绘一下风景吗？……在我们身后，在我们头顶，在我们周围，到处都是高大的冷杉树，它们带着树脂的味道，它们长着石榴红的树干，上面横亘着又长又黑的枝杈。当风把它们吹弯的时候，它们还会哀怨呻吟。在我们脚下，是一片广阔碧绿的草地，宛如一本打开的书，倾斜着搁在山坡上。它被阴影遮成蓝色，被阳光镀成金色，它上面独特的文字便是花朵——龙胆草、桔梗、小牡丹，还有所罗门的美丽百合——奶牛们摇着铃铛前来拼写，天使们过来阅读，因为你说人的眼睛是闭着的。在这本书的底部，我看见一条烟雾缭绕的乳白色大河，流经整片神秘莫测的深渊。我还看见一条巨大的河流，除了光彩夺目的阿尔卑斯山，没有其他河岸，就在我们面前的远方……那就是雅克必须前往的地方。请你告诉我，他明天是不是真要走了？”

“他明天就要走了，他告诉你了吗？”

“他没有告诉我，但我理解他。他要离开多久？”

“一个月……热特吕德，我想问你……你为什么不告诉我他来教堂见你？”

“他来看过我两次。啊，我不想对你隐瞒什么！不过我怕你难过。”

“如果你不告诉我，才真的会让我难过。”

她的手在摸索着寻找我的手。

“他很舍不得离开。”

“告诉我，热特吕德……他跟你说过他爱你吗？”

“他没说过，但他即便不说，我也能感觉到。他不像你那么爱我。”

“那你呢，热特吕德，你舍得他走吗？”

“我觉得他还是走比较好。我无法回应他。”

“告诉我，你是不是很舍不得他走？”

“你很清楚我爱的是你，牧师……哦，你为什么把手缩回去？如果你没结婚，我是不会这样跟你说话的。但没人会娶一个瞎子吧。那我们为什么不能相爱呢？牧师，你觉得这有错吗？”

“爱永远都不会错。”

“我心里只有善意。我不想让雅克受苦。我不想让任何人受苦……我只想给人幸福。”

“雅克想向你求婚。”

“你能让我在他走之前和他谈谈吗？我想让他明白，他必须割舍对我的爱。牧师，你明白我不能和任何人结婚吧？你让我和他谈谈吧，好吗？”

“今晚吧。”

“不，明天，就在他动身出发时……”

夕阳西下，霞光万丈。天气暖洋洋的，我们站起身来，一边说着话，一边走在昏暗的回家路上。

第二册

4 月 25 日

我不得不暂时放弃这本记事本了。

大雪终于融化。只要道路恢复通行，我就必须完成诸多任务，而在我们村子被封锁的很长一段时间里，我被迫推迟了这些任务。直到昨天，我才重获片刻清闲。

昨晚，我重新读了读我之前写在此处的所有内容……

现在，我终于敢对我心中久违的感情直言不讳了，我几乎无法解释，为何直到现在我还会误解它，为何我记述过的阿梅莉所说的某些话语对我来说会显得神秘莫测，为何在热特吕德天真无邪的表白之后，我还会怀疑自己究竟是否爱她。这是因为当时的我绝不认可在婚姻以外存在任何爱情。而且，我对热特吕德一往情深，我认为这样的情感应该是百无禁忌的。

她天真无邪的坦白让我颇感欣慰。我心想，她还是个孩子。没有困惑和羞赧，就不会有真爱。我相信我爱她，就像爱一个身体残疾的孩子。我像关心病人一样关心她，我把冲动变成了一种道德义务，一份责任。是的，就是那个她跟我说话的晚上，正如我所记述的那样，我觉得内心如此轻松愉悦，以至于我记下这些话时，仍然有种错觉。因为我原本以为这样的爱会受到指责，而且我认为一切应该受到指责的东西都会扭曲灵魂，而我也从不觉得灵魂会背负重担，所以我不相信爱情。

我不仅原原本本地引述了这些对话，而且还以完全相同的心态记下了这些对话。老实说，直到昨晚重新翻看时，我才明白……

雅克走后，我们的生活又平静如初。我曾经让热特吕德和他交流交流，但他只在假期的最后几天才回来，不是有意避开热特吕德，就是只在我面前跟她说话。热特吕德按照约定去了路易丝小姐家，我每天都去看她，但是，由于害怕再次为爱所困，我尽量不和她谈论任何可能激起我们情绪的事情。我只以牧师的身份跟她聊天，而且大多数时候都是当着路易丝的面。我主要专注于她的宗教教育，为她在复活节上领圣餐做好准备。

复活节那天，我也领了圣餐。

这事发生在两周以前。雅克来我们身边度假一周，令我惊讶的是，他没有陪我去参加圣餐仪式。我非常遗憾地说，阿梅莉也放弃没去，这是我们结婚以来的第一次。看来他们俩都发过誓，决心通过缺席这个隆重庄严的典礼，来给我的喜悦蒙上一层阴影。我又一次庆幸热特吕德看不见，这样就只有我一个人默默承受这份阴影的沉重。我太了解阿梅莉了，所有她用行为来表达的拐弯抹角的指责，我都看得一清二楚。她从不公开反对我，但她想用一种孤立的方式来表达她的反对。

令我十分触动的是，这种不满——我指的是我不愿考虑的这种不满——竟然会压抑阿梅莉的灵魂，使其偏离高尚的意义。回到家里，我诚心诚意地为她祈祷。

至于雅克放弃不去，则完全是另有原因，我不久后找他谈了一次话，一切就真相大白了。

5月3日

热特吕德的宗教教育让我以全新的目光重新阅读《福音书》。我愈发觉得，构成我们基督教信仰的许多概念并非来自基督的话语，而是来自圣保罗的注释。

这就是我刚才与雅克讨论的话题。雅克的性情比较生硬，他的内心无法完全滋养他的思想，因此他变得传统，变得教条。他指责我从基督教教义中选择“我喜欢的内容”，但我并没有选择基督的哪句话。很简单，在基督和圣保罗之间，我选择了基督。由于害怕把两者对立起来，所以他拒绝把两者加以区分，拒绝承认两者在给人启迪方面存在差异。如果我告诉他，我在这里听到的是人言，而在那里听到的是神谕，那他就会提出抗议。他讲得越多，就越让我相信这一点：他没有从基督的微言细语中感受到独特的神圣风格。

我翻遍了《福音书》，拼命寻找诫命、威胁、辩解，却徒劳无功……都是圣保罗的话。正是因为在基督的措辞中找不到这些，雅克才会烦恼。像他这样的灵魂，一旦觉得身边没了支柱、扶手和栏杆，就会认为自己迷失了方向。更重要的是，他们难以容忍别人身上出现他们主动放弃的自由，却希望用强制手段来获取别人准备用爱给予他们的一切。

“不过，爸爸，”他跟我说，“我也希望大家都能幸福。”

“不，我的朋友，你想他们都能顺从。”

“幸福在于顺从。”

他说完后我不再吭声了，因为我不喜欢争论。但我确实知道，如果追求幸福只是追求幸福的效果，那幸福就会大打折扣。而且我也确实知道，热恋中的灵魂确实自愿顺从，并为此兴高采烈。但缺乏了爱情的顺从，就会离幸福十万八千里。

顺便说一句，雅克的思考能力很强。如果我没有发现他如此年轻的头脑中存在如此僵化的教义，那我无疑会很钦佩他优秀的论据和严谨的逻辑思维。我常常觉得自己比他年轻，觉得今天的自己比昨天的自己年轻。我反复对自己说：“除非你们变得像小孩子一样，否则你们永远也进不了天国。”

将《福音书》视为获取幸福生活的方式，这是否是对基督的背叛？对《福音书》的贬低和亵渎？对于基督徒来说，快乐的心态是一种必然的状态，而这种状态是受到我们的疑惑和冷酷内心的阻碍的。每个人或多或少都有快乐的能力。每个人都必须为快乐而奋斗。单单热特吕德的微笑，就比我上的课更能让我明白这一点。

基督之言在我眼前闪现："如果你们是瞎子，你们就没有罪孽。"罪孽让灵魂变得黑暗，阻碍灵魂获得快乐。热特吕德浑身上下都散发出完美的幸福感，这源自她没有罪孽这一事实。在她身上，只有光明，也只有爱。

我把《四福音书》、《诗篇》、《启示录》和《约翰三书》交在她小心翼翼的手里，她从中可以读到："上帝是光，他的身上没有黑暗。"就像在《福音书》中，她可以听到救世主说："我是世界之光，与我同在的，便不会在黑暗中行走。"我拒绝把圣保罗的书信交给她，因为如果她是盲人，她便不知道罪为何物，那么让她读"罪因诫命获得了新的力量"（《罗马书》第七章第十三节）以及随后的所有论证，无论多么令人赞赏，又有什么意义呢？

5 月 8 日

马丁斯医生昨天从拉绍德封村赶来了。他用眼底镜详细检查了热特吕德的眼睛。他告诉我，他已经向洛桑的专家鲁克斯医生汇报了热特吕德的情况。他们俩都认为热特吕德可以动手术。但我们商定，情况没有确定之前，什么都不跟她说。诊断结束后，马丁斯会来告知我情况。我们可能得马上扑灭掉热特吕德身上燃起的希望，那唤醒这个希望又有什么意义呢？况且，她现在这样不是很幸福吗？……

5月10日

复活节时，雅克和热特吕德又见了面，当时我也在场。至少雅克又见到了热特吕德，还和她说了话，但谈的都是些无关紧要的事。他表现出的情绪没有我担心的那么激动。尽管热特吕德在他去年离开前告诉他，这样的爱是无望的，但我再次相信，他这番真正热烈的爱意是不会那么容易压制的。我注意到雅克现在对热特吕德以"您"[1]相称，这当然更好。不过我没有要求他这样做，所以我很高兴是他自己意识到了这一点。他的身上无疑是有许多优点的。

不过，我还是忧心忡忡，担心雅克虽然顺从，也难免经历过激辩和斗争。麻烦之处在于，他不得不约束自己的心灵，即使他现在认为这样的约束本质上是好的。他希

[1] 原著中雅克对他父亲和热特吕德都称"您"，但为了更符合现代人阅读习惯，全文中的"您"均译成"你"，除了此处特别强调"您"这一称谓以外。——译者注

望看到对所有人都施加这种约束。在我刚才跟他的讨论中，我感受到了这一点，我在上文中也记述了下来。拉罗什富科不是说过“思想往往是心灵的骗局”吗？不用说，我没敢直接向雅克指出这一点，因为我知道他的脾气，也相信他属于越是讨论越会固执己见的那种人。但就在当天晚上，我在圣保罗那里找到了可以用来回应他的几句措辞（我只能用他的武器来打败他）。我小心翼翼地在雅克的房间里留了一张纸条，让他可以读到：“不吃饭的人不要评判吃饭的人，因为上帝已经收容了后者。”（《罗马书》第十四章第二节）

我本可以照抄剩下的内容：“我从主耶稣处得知并深信，没有什么东西本身是不洁净的，只有认为它不洁净的人才认为它是不洁净的。”但我不敢这么做，因为按照我的想法，我担心雅克会对热特吕德居心不良，而这种想法即便在他脑海中一掠而过也是不应该的。当然，我在这里谈论的是食物，但《圣经》中还有多少其他段落不需要赋予双重乃至三重含义呢？（“如果你的一只眼睛……”，面饼增多，迦拿婚礼上的神迹等。）这里就不吹毛求疵了。这一节《圣经》含义广泛而深刻：约束不能由律法来决定，而要由爱来决定。圣保罗紧接着感叹道：“若你兄弟因食物而忧伤，那就是你未能依照爱心行事了。”恶魔因为我们缺乏爱而攻击我们。主啊，求你从我心中除去一切不属于爱的东西……因为我不该激怒雅克。第二天，我在桌子上发现了我抄写这节经文的纸条。在纸条的背面，雅克就抄写了同一章中的另一节经文：“不可因你的食物，叫基督为之受死的人吃亏受损。”（《罗马书》第十四章第十五节）

我把整章又重新读了一遍，这又开启了一场无休止的争论。我是否会用这些困惑去折磨热特吕德明亮的天空？用这些乌云去遮蔽热特吕德明亮的天空？我对她谆谆教诲，让她相信唯一的罪孽就是谋害他人的幸福或是损害自己的幸福，每每此时，我不是更接近基督了吗？我不是让她自己也更接近基督了吗？

唉！有些灵魂对幸福特别抗拒，无能，笨拙……我突然想到我可怜的阿梅莉。面对幸福之路，我不断地邀请她、推动她，甚至想要强迫她。是的，我想把每个人都推向上帝。但她一直在躲避，把自己封闭起来，就像某些没有阳光也能绽放的花朵一样。她所看到的一切都让她担忧和苦恼。

“你究竟想要怎样？我的朋友，”有一天她这样回答我，“我又不是生来就是瞎子。”

啊！她的讽刺对我来说是多么痛苦啊。我需要何德何能才能保持内心的安宁！在我看来，她应该明白，这番言辞影射了热特吕德的残疾，对我造成了极大的伤害。此外，这让我觉得热特吕德最让我钦佩的是她无限的宽容。我从未听她对别人有过丝毫不满。的确，我没有让她知道任何可能伤害到她的事情。

如同快乐的灵魂借由爱的光芒向周围散播幸福一样，阿梅莉周围的一切是黑暗阴郁的。阿米尔写道，她的灵魂散发着黑色的光芒。当我经过一天的奔波，结束了探望穷人、病人和受苦受难的人，在夜幕降临时回到家里以后，有时已经筋疲力尽，内心充满了对休息、亲情和温暖的渴望，但大多数时候，我发现家里除了忧虑、责备和争吵以外，什么也没有。与之相比，我是多么宁愿待在天寒地冻和风雨交加的屋外啊。我知道，我们年迈的罗莎莉声称自己从不随心所欲，但她并不总是错的。而阿梅莉声称自己想让她随心所欲时，她也不总是对的。我知道夏洛特和加斯帕尔非常吵闹，但如果阿梅莉的叫喊不那么大声、不那么频繁的话，那她不是能从他们身上得到更多吗？如此多的建议、告诫和训斥，宛如沙滩上的鹅卵石，棱角尽失。孩子们比我更不在意这些。我知道小克洛德正在长牙齿

（至少每当他哭闹时，他妈妈都是这么说的），但她或萨拉冲进来没完没了地哄他，难道不是在引诱他哭闹吗？我相信，如果趁我不在的时候让他叫个够，几次以后，他就不会那么频繁地哭闹了。但我知道，那时候她们会哄得更起劲。

萨拉很像她的母亲，这也是我想把她放去寄宿学校的原因。唉，在她这个年纪，她母亲和我订了婚，但她并不像她母亲那时候的模样，反倒像为物质生活劳心费神的结果，我甚至可以说是为生活操劳的产物（因为确实是阿梅莉一手造就的）。当然，从她今天的样子里，我很难从中认出那位曾经的天使。她会对我心中每一个高尚的冲动报以微笑，我梦想着将她与我的生命融为一体、不分彼此。在我看来，她走在我的前面，引导我奔向光明。抑或那时候是爱情在蒙骗我？……因为我在萨拉身上看到的只是庸俗不堪的琐事。和她母亲一样，她被需要斤斤计较的琐事所困。她脸上的五官因为内心缺乏灵性的火焰而显得呆板僵硬。她不喜欢诗歌，总的来说，她完全不喜欢阅读。当她和她母亲在一起时，我从未碰见过任何我乐意参与的谈话。比起躲回自己的书房，我发现和她们待在一起时，会让我更加痛苦地感受到自己的孤独。于是，我养成习惯，愈加频繁地躲回书房。

入秋以来，面对迅速降临的夜幕，我还养成了一个习惯。只要巡访工作允许，也就是说，只要我能早点回家，我都会去德拉姆小姐家喝茶。我还提过的是，自从去年 11 月以来，路易丝·德拉姆和热特吕德收留了马丁斯主动托付给她的三位失明的小姑娘。热特吕德教她们识字，教她们做各种零工。如今这几位小姑娘做起来已经相当娴熟了。

每当我回到“谷仓”温暖宜人的氛围中时，我都会感到无比安逸和舒适。如果有时我两三天没去那儿的话，那会感到多么失落啊。不用说，德拉姆小姐能让热特吕德和她的三位小客人住得舒舒服服，完全不用担心她们的生活起居。三位女仆尽心尽力地帮助她，让她毫无劳累之感。但是，我们难道可以说财富和闲暇真的是实至名归吗？一直以来，路易丝·德拉姆都非常关心穷人。她是一名虔诚的教徒，仿佛生来就是为了把自己奉献给这片大地，仿佛生活就是为了爱。尽管她那被镂空花边的帽子遮住的头发几乎全是银白色了，但她的笑容依然那么天真，她的动作依然那么和谐，她的声音也依然那么具有音乐感。热特吕德养成了自己的举止行为，还有说话方式。这是一种语调，不仅是声音，还有思想，涉及整个人。我拿她们俩的相似之处开玩笑，但她们都不愿意注意到。我有时间的话，都会在她们身边待一会儿，看着她们相邻而坐。热特吕德要么把额头靠在德拉姆小姐的肩上，要么把一只手搁在她的肩上，听我读一读拉马丁或雨果的诗句，这是多么温馨的事情啊！看到这些诗句在她们两个清澈的灵魂中泛起涟漪，又是多么温馨的事情啊！就连小姑娘们也不可能无动于衷。在这样充满祥和爱意的氛围中，孩子们得到了奇妙的发展，取得了显著的进步。当德拉姆小姐说要教她们跳舞，既是出于健康考虑，也是出于放松目的，我起初对此只是一笑了之。但今天，我欣赏她们韵律优美的动作，可惜她们自己却无法欣赏。不过，路易丝·德拉姆让我相信，她们能从肌肉上感受到这些动作的和谐，即使她们自己看不到。热特吕德也开始翩翩起舞，风度迷人，姿态优雅，而且完全乐在其中。有时，路易丝·德拉姆会和孩子们一起游戏，热特吕德则坐在钢琴前。她在音乐方面的进步令人惊叹不已。现在，她每逢周日就会在小教堂弹奏管风琴，并用简短的即兴演奏拉开圣诗演唱的序幕。

每个星期天，她都会来我家吃午饭。我的孩子们见到她都十分开心，尽管他们的爱好和她的爱好越来越不同。

阿梅莉并不太紧张，饭也吃得很顺利。之后，全家人带着热特吕德回到“谷仓”吃点心，这对我的孩子们来说简直就是一场盛宴。路易丝非常宠爱他们，给他们吃糖果。一向对待人接物敏感的阿梅莉也终于放松下来，看起来比以前更年轻了。我想，她在这趟乏善可陈的人生列车上，将来很难忽略这一站。

5 月 18 日

现在，又是阳光灿烂的日子，我又可以和热特吕德一起出门了，这是我很久没有做过的事情了（因为最近雪下得较多，道路状况一直很糟糕，直到最近几天才有所好转），我也很久没有单独和她待在一起了。

我们轻快地走着。强风吹红了她的脸颊，不断把她的金发拂在她的脸上。我们经过一片泥炭沼泽时，我摘了几株开花的灯芯草，把茎秆塞进她的贝雷帽下，然后用她的头发编成辫子固定住。

我们几乎还没说几句话时，就惊讶地发现彼此单独在一起了。这时，热特吕德转向我，目光看着别处，突然问我：

“你觉得雅克还爱我吗？”

“他已经下定决心放弃你了。”我立刻回答道。

“但你觉得他知道你爱我吗？”她回复道。

自从去年夏天我记录的那次谈话后，时间已经过去六个多月了，但（我十分惊讶地发现）我们之间再也没有说出一句情话。正如我之前所言，我们从未单独相处过，这样更好……热特吕德抛出的问题让我的心跳加速，我不得不因此放慢了脚步。

“可是热特吕德，每个人都知道我爱你。”我大声喊道。她依然若无其事。

“不，不，你没有回答我的问题。”

沉默片刻后，她低着头继续说：

“我的阿梅莉姑姑知道这件事，我知道这让她很伤心。”

“没有这件事的话，她也会伤心的。”我反驳道，声音里流露出不太自信的感觉。“忧伤是她的天性。”

“哦！你总是想让我放心，”她有些不耐烦地说，“但我不想放心。我知道有很多事情你都不告诉我，怕我伤心，怕伤害我的感情。很多事情我都不知道，所以有时候……”

她的声音越来越低。她停了下来，仿佛喘不过气的感觉。我接过她的话，顺势问道：

“有时候什么……？”

“所以有时候，”她心怀伤感继续说道，“在我看来，我拜你所赐的一切幸福都是建立在无知之上的。”

“但是，热特吕德……”

“不，让我告诉你：我不想要那样的幸福。你必须明白，我不……不想要幸福，我要的是知情权。有许多事情，当然是悲伤的事情，我看不到，但你无权不让我知道。在冬天的这几个月里，我想了很久。牧师，我担心整个世界并不像你让我相信的那样美好，甚至远远没有那么好。”

“的确，人类常常让大地变得丑陋。”我诚惶诚恐地辩解道，因为她充满激情的思想让我感到害怕。我试图改变这股激情，但至于成功与否，我却不抱太大希望。她似乎一直在等着这几句话，因为她抓住了这几句话，仿佛就抓住了可以让整条锁链闭合的链环：

“正是如此，”她喊道，“我想确定自己没有助纣为虐。”

很长一段时间里，我们一直在默默地走路，走得很快。任何我可能对她说的话都与我感觉到的她的想法相冲突。我害怕引出几句与我们俩命运休戚相关的话语。想到马丁斯对我说的话，想到他说也许可以让她复明，我的内心就无比焦虑。

“我想问你，”她最后说道，“但我不知道该怎么说……”

她肯定是鼓足了勇气，就像我鼓足勇气听她说话一样。但我怎么能预料到这个问题一直在折磨着她：

“盲人的孩子生下来就一定是盲人吗？”

我不知道我们俩谁在这次谈话中承受的压力更大，但现在我们的谈话必须继续下去。

“不，热特吕德，”我告诉她，“除非在十分特殊的情况下，不然没有理由这样。”

她似乎非常放心。我本想问她为什么这么问，但我没有勇气，只好尴尬地继续说：

“但是，热特吕德，想要有孩子的话，就必须结婚。”

“牧师，别和我说这些。我知道这不是真的。”

“我跟你说过的话都是我应该告诉你的，”我反驳道，“但事实上，自然法则所允许的，正是人类和上帝的法则所禁止的。”

“你经常跟我讲，上帝的法则就是爱的法则。”

“这里所说的爱已经不是我们所说的仁慈之爱了。”

“你爱我是出于仁慈吗？”

“你很清楚不是的，我的热特吕德。”

“但你承认我们的爱逃脱了上帝的法则了？”

“你是什么意思？”

“哦！你知道我的意思，不应该由我来说。”

我想拐弯抹角地表达，但没有效果。我的内心在为我失败的言辞打着退堂鼓。我拼命喊道：

“热特吕德……你认为你的爱有罪吗？”

她纠正道：

“是我们的爱情……我想我应该这么认为。”

“然后呢？”

我突然发现自己的声音里带有一丝哀求，而她则一口气把话说完：

“但我无法不爱你。”

这些事都发生在昨天。起初，我犹豫要不要写下来……我不记得散步是如何结束的。我们快步向前，宛如逃亡一般，我紧紧地挽住她的胳膊。我的灵魂已然出窍，仿佛路上区区一颗石子就会把我们俩绊倒在地。

5 月 19 日

马丁斯今早回来了。热特吕德可以做手术。鲁克斯医生是这么说的，并要求照顾她一段时间。对此我无法反对，不过还是怯生生地要求给我时间考虑考虑。我的内心本该欢欣雀跃，但我却感到心事重重，充满了难以名状的苦恼。热特吕德的视力可能会恢复，一想到要告诉她这事，我的内心就惆怅万分。

5月19日夜

我又见到了热特吕德，但没和她说话。今天晚上在“谷仓”，因为客厅里没人，于是我就去了她的房间，只有我们俩在一起。

我紧紧地抱着她，久久不愿松开。她没有任何抗拒的举动。当她抬起前额面对我时，我们的嘴唇碰在了一起……

5 月 21 日

主啊，你是为了我们，才让黑夜如此深邃美丽吗？是为了我吗？空气温润，透过我敞开的窗户，月光照射进来，我聆听着天际无边的寂静。哦，对天地万物迷茫的崇拜，让我的内心在无言的狂喜中融化。我只能疯狂地祈祷。如果爱有疆界，那也不是来自你，我的上帝，而是来自人类。无论我的爱在世人眼中显得多么有罪，哦，请你告诉我，它在你的眼中是圣洁的。

我尽力超越罪孽的观念，但罪孽似乎让我无法忍受。我不想放弃基督。不，我爱着热特吕德，不接受罪恶。我只能通过撕裂自己的内心来撕裂这份爱，为什么呢？如果我还不爱她，那我应该出于对她的怜悯而爱她。不再爱她就意味着背叛她：她需要我的爱……

主啊，我不知道了……我只知道你。请你指引我。有时，我觉得自己正身陷黑暗之中。人们要让她重见光明，而我的光明已被夺走。

昨天，热特吕德住进了洛桑的诊所，她要待上二十天才能离开那里。我忐忑不安地等待着她的归来。马丁斯必须把她带回我们身边。她让我保证在那之前不要去看她。

5 月 22 日

马丁斯来信：手术很成功。感谢上帝！

5月24日

一想到必须让她看到我，而她直到现在还爱着我，却还没有看到过我，这个想法让我难堪至极。她会认得我吗？这是我有生以来第一次焦急地对着镜子问问题。如果我觉得她的目光没有她的内心那么宽容，也没有那么深情，那我该怎么办呢？主啊，有时我觉得我只有得到她的爱，才能爱你。

5 月 27 日

额外增加的工作让我度过了最近几天时光，没有太多的不耐烦。每件可以让我摆脱自我的工作都是神圣的。但是从早到晚，透过所有事情，她的身影一直都与我如影随形。

她明天一定要回来。在这一周里，阿梅莉只向我展示了自己性格中最好的方方面面，似乎一心想要我忘却那位不在身边的小姑娘，此刻正和孩子们准备庆祝她的归来。

5 月 28 日

加斯帕尔和夏洛特去树林里和草地上采花。年迈的罗莎莉忙着做一个巨型蛋糕，萨拉正在用我不知道是什么的金箔纸装饰蛋糕。我们期待中午能够做好。

我提笔写信来消磨等待的时间。已经十一点了。我随时都会抬起头，望向马丁斯的车即将驶来的那条路。我没有去迎接他们。为了阿梅莉，还是不要单独迎接为好。我心潮澎湃……啊！他们来了！

28 日晚

我正陷入一个糟糕透顶的夜晚！

仁慈的主啊，仁慈的主啊，我放弃了对热特吕德的爱，但你不要让她去世！

所以我心生恐惧是有道理的！她做了什么？她想做什么？阿梅莉和萨拉告诉我，她们陪她到了“谷仓”门口，德拉姆小姐正在那里等她。之后她又想出门？究竟发生什么事了？

我试图理清思绪。我所听到的故事让人费解，或者自相矛盾。我的脑海里一团乱麻。德拉姆小姐的园丁刚把昏迷不醒的热特吕德带回了“谷仓”。园丁说看见她沿着河岸走，看到她穿过花园的小桥，然后弯下腰去，接着就消失不见了。但他一开始没有意识到她掉下去了，所以他没有像他应该做的那样跑过去。园丁在小水闸附近发现了热特吕德，水流把她带到了那里。过了一会儿，当我再次见到她时，她还没有恢复知觉。抑或说她又陷入了昏迷，因为她有那么一瞬间苏醒了过来，这要归功于她得到了及时的抢救。感谢上帝，马丁斯还没有离开，但他也说不清楚她为何变得如此僵化麻木。他问过她，但没有得到回答。她似乎什么也没听见，或是她决心保持沉默。她的呼吸仍很急促，马丁斯担心她的肺部会充血。他已经给她用了鼻窦麻醉剂和火罐，并承诺明天再来。我们的错误在于，在我们试图让她苏醒时，让她在湿漉漉的衣服里待了太久。河水结冰了。德拉姆小姐是唯一一个能从热特吕德嘴里套出几句话的人，她坚持说热特吕德想摘忘忧草，因为忘忧草在河的这一侧长得十分茂盛。但热特吕德不擅长估算距离，抑或是把漂浮的花毯当成了坚硬的土地，于是突然间就失足落水了……如果我姑且能相信这些话是真的就好了！如果我姑且能让自己相信这只是一场意外，那我的灵魂将会卸下多么沉重的负担啊！在整个用餐过程中，虽然热特吕德很开心，但她始终露出的奇怪笑容却让我担心。那是一种我不熟悉的拘谨的笑容，不过我试图相信这与她重见光明有关。那笑容似乎像眼泪一样，从她的眼睛流到她的脸上。就在她的笑容边上，旁人庸俗的欢乐让我颇感不快。她与欢乐格格不入。她好像发现了一个秘密，如果我和她单独在一起，她肯定会告诉我的。她几乎一言不发，但这并没有让我们感到惊讶。因为当她和其他人在一起时，别人越是兴高采烈，她就越是沉默寡言。

主啊，我恳求你：让我和她谈谈。我需要知道真相，否则我还怎么活下去？……然而，如果她想中止生命，难道是因为她已经知道真相了吗？知道了什么呢？我的朋友，你知道了什么可怕的事情？而我对你隐瞒了什么致命的事情，而你却突然看得一清二楚？

我在热特吕德的床边待了两个多小时，听着她不均匀的、急促的呼吸声，目不转睛地盯着她的额头和苍白的脸颊，也盯着她那因难言的悲伤而紧闭的精致的眼皮，她的头发还是湿漉漉的，像海藻一样，披散在枕头上。

5 月 29 日

今天早晨，就在我准备去“谷仓”的时候，路易丝小姐来找我。度过风平浪静的一晚之后，热特吕德终于从沉睡中苏醒了过来。我走进房间时，她对我笑了笑，示意我坐到她床边。我不敢问她，毫无疑问，她也害怕我的问题。似乎是为了防止动了真情难以抑制，她对我直接开口道：

“我想从河里摘的这些蓝色小花，它们有着天空的色彩，你是怎么称呼它们的？你比我能干，你能给我采一束花吗？我好把它放在床边……”

她声音中故作姿态的嬉笑口吻伤害了我，对此她一定明白，因为她严肃地补充道：

“今天早上我无法和你说话，我太累了。去帮我摘些花好吗？你一会儿就回来。”

一小时后，我为她采回一束忘忧草，这时路易丝小姐告诉我，热特吕德又在休息了，要到晚上才能见我。

今晚，我又见到了她。她靠在床上叠放的几个垫子上，这样才勉强坐起来。她的头发拢在一起，编成辫子盘在额头上，上面还插着我为她带来的忘忧草。

她肯定是发烧了，看起来非常压抑。我伸过手去，她用发烫的手紧紧握住。我站在她身边：

“我必须向你忏悔，牧师，因为今晚我恐怕要死了，”她说，“今天早上我对你撒了谎……我不是去摘花的……如果我告诉你，我是想自杀的，你会原谅我吗？”

我跪在她床边，握住她纤弱的手，但她把手抽了出来，开始抚摸我的额头。而我则把脸埋在床单里，以掩盖我的泪水和啜泣声。

“你觉得这很不对劲吗？”她温柔地说道。见我没有回答，她又说：

“我的朋友，我的朋友，你可以看到，我在你的内心和生活中占据了太多空间。当我回到你身边时，我立刻意识到了这一点。至少，我所占据的位置是属于别人的，而别人也因此感到悲伤。我的罪过是没有早点意识到，或者是至少没有意识到就让你这样爱上了我，因为我早就知道这一点。但是，当她的脸突然出现在我面前时，当我看到她可怜的脸上挂满那么多悲伤时，我再也无法忍受这样的想法：这样的悲伤是我造成的……不，不，不要责怪你自己，让我走吧，把快乐还给她。”

抚摸我额头的手停了下来，我抓住了这只手，上面满是我的亲吻和泪水。但她不耐烦地把我的手扯开，一股新的焦虑让她不禁激动起来。

“我不是这个意思，不，我不是这个意思。”她反复说道，我看见汗水打湿了她的额头。然后，她的眼皮垂了下来，闭目养神了一会儿，似乎是想集中思想，抑或是想恢复到原来失明的状态。她的声音起初拖沓而凄凉，但当她重新睁开眼睛时，声音很快又高了起来，然后变得生动而激烈：

“当你让我重见光明的时候，我的眼睛睁开了，看到了一个比我梦想中还要美丽的世界。是的，的确，我从未想象过白天如此晴朗，阳光如此灿烂，天空如此辽阔。但我也没有想象过人的额头会如此瘦骨嶙峋。当我走进你的家，你知道我首先看到的是什么吗？……啊！我必须告诉你：我首先看到的是我们的错误，我们的罪过。不，不要反驳。记住基督的话：‘如果你们是瞎子，你们就没有罪。’但现在我看见了……起来，牧师，坐在我身旁，听我说，不要打断我。在诊所的这段时间里，我读到了，或者说是有人给我读了《圣经》中的经文。这些经文当时我还不懂，你也从未读给我听过。我记得圣保罗说的一段话，我自己反反复复读了一整天：‘对我而言，以前没有法则的时候，我还活着。但当诫律来临，罪孽就复活了，而我就死了。’”

她在极度亢奋的状态下，用高亢的嗓音说了最后一句话，这句话几乎是喊出来的，以至于我以为外面都能听到她的声音，让我颇为尴尬。然后，她闭上眼睛，自言自语低声重复着最后一句话：

“罪孽就复活了，而我就死了。”

我打了个寒战，恐惧感袭遍全身，心降至冰点。我想转移她的注意力。

“这些句子是谁读给你听的？”我问道。

“是雅克，”她睁开眼睛，目不转睛地盯着我说，“你知道他已经改变信仰了吗？”

这太过分了。我正想求她不要说了，她却又继续说道：

“我的朋友，我会让你很痛苦，但我们之间不能有任何谎言。当我看到雅克时，我突然意识到，我爱的不是你，而是他。他长得和你一模一样，就是我想象中你的模样，你知道的……啊！你为什么要让我拒绝他？我本可以嫁给他的……”

“但是，热特吕德，你还是可以这么做的。”我绝望地喊道。

“他要去当神父，”她急切地说道，接着，她便泣不成声，“啊！我想向他忏悔……”她陶醉地呻吟着……“你看，我所要做的就是死亡。我渴了。求求你，叫个人来吧。我快窒息了。请让我一个人静静。啊！我原本希望这样跟你说话以后，心情能更轻松呢。离开我吧，让我们离开彼此吧。我再也受不了见到你的感觉了。”

我离开了她。我把德拉姆小姐喊了过来，替我照顾她。她极度焦虑的情绪让我对一切都不无担心。但我不得不说服自己，我在边上只会加重她的病情。如果病情恶化，我要求务必马上通知我。

5月30日

真是可惜啊！我只看到她睡着了。今天早晨，天刚刚亮，她就去世了。经过一夜的神志不清和疲惫不堪之后，德拉姆小姐按照热特吕德的遗愿，派人通知了雅克。等他到达时，热特吕德已经去世好几个小时了。他狠狠地责备我，说我怎么不早点叫个神父来。但我怎么会这么做呢？因为我还不知道热特吕德在洛桑时就已经放弃原来的宗教信仰了，这显然是迫于他的压力。与此同时，他宣布自己和热特吕德已经改宗。这似乎是他们在因我而疏远的一生中，打算弃我而去，然后双双在上帝那里会合。但我相信，雅克的改宗更多是出于理智，而非出于爱情。

“爸爸，”他跟我说，“我不应该指责你，但你的错误榜样把我引到了今天这般田地。”

雅克走后，我跪在阿梅莉身边，请她我为祈祷，因为我需要帮助。她只是简单地诵读了“我们的天父……”，但诗句之间却有很长的沉默，充满了我们的祈求。

我想放声大哭，但我感觉我的内心比沙漠还要干涸。

纪德年表

1869 年　11 月 22 日，安德烈·纪德出生于法国巴黎。父亲保罗·纪德（Paul Gide）是法学教授，母亲朱莉叶·纪德（Juliette Gide）出身于名门望族，两人都是新教徒。

1876 年　开始学习弹钢琴 。

1877 年　就读于阿尔萨斯学校，几个月后因“不良习惯”被开除。

1880 年　父亲去世。

1882 年　再次就读于阿尔萨斯学校；爱上表姐玛德琳（Madeleine）。

1883 年　在博埃先生（M. Bauer）那里接受为期两年的学习，在其鼓励下开始写日记。

1886 年　就读于凯勒寄宿学校。

1887 年　再次就读于阿尔萨斯学校；结识诗人、小说家皮埃尔·路易（Pierre Louÿs）。

1888 年　就读于亨利四世中学。

1889 年　与皮埃尔·路易、马塞尔·德鲁安（Marcel Drouin）和莫里斯·吉洛（Maurice Quillot）创办《中学生杂志》（*Potache-Revue*）。

1890 年　玛德琳的父亲去世；结识保尔·瓦莱里（Paul Valéry）。

1891 年　出版《安德烈·瓦尔特笔记》（*Les Cahiers d'André Walter*）、《论那喀索斯》（*Le Traité du Narcisse*）；成为马拉美“星期二聚会”的常客；结识斯特凡·马拉美（Stéphane Mallarmé）、奥斯卡·王尔德（Oscar Wilde）。

1892 年　出版《安德烈·瓦尔特诗集》（*Les Poésies d'André Walter*）；游历德国，加深了对歌德的了解。

1893 年　出版《爱的尝试》（*La Tentative amoureuse*）、《于安里游记》（*Le Voyage d'Urien*）；结识诗人、小说家弗朗西斯·雅姆（Francis Jammes）；前往北非，在此期间首次体验同性恋。

1894 年　前往瑞士。

1895 年　出版《沼泽》（*Paludes*）；母亲去世；与玛德琳结婚；到瑞士、意大利蜜月旅行；结识保罗·克洛岱尔（Paul Claudel）。

1896 年 和妻子前往北非，当选拉罗克-拜尼亚尔（La Roque-Baignard）镇长。

1897 年 出版《人间食粮》（*Les Nourritures terrestres*）、《途中散页》（*Feuilles de route 1895–1896*）；结识医生、作家亨利·盖翁（Henri Ghéon），直到 1915 年盖翁改宗。

1898 年 在支持德雷福斯的作家名单上签名。

1899 年 出版《锁不住的普罗米修斯》（*Le Prométhée mal enchaîné*）、《菲罗克特脱》（*Philoctète*）、《埃尔·哈吉》（*El Hadj*）；与妻子到北非旅行；与克洛岱尔开始通信联系；结识画家泰奥·范·雷塞尔贝格（Théo van Rysselberghe）一家。

1900 年 出版《写给安吉勒的信》（*Lettres à Angèle*）、《论文学影响》（*De l'Influence en littérature*）；与盖翁到北非旅行；卖掉位于拉罗克-拜尼亚尔的城堡，在奥特伊（Auteuil）建造新居，并在那里生活了 22 年（1906 年—1928 年）。

1901 年 出版《艺术的界限》（*Les Limites de l'Art*）；上演《康多尔王》（*Le Roi Candaule*）。

1902 年　出版《背德者》(*L'Immoraliste*)。

1903 年　出版《遁词》(*Prétextes*)、《扫罗》(*Saül*)、《论公众的重要性》(*De l'Importance du public*)；前往魏玛、阿尔及利亚旅行；与雅克·科波(*Jacques Copeau*)开始交往。

1904 年　成为杂志《隐修》(*L'Ermitage*)的编委。

1906 年　出版《阿曼达》(*Amyntas*)。

1907 年　出版《浪子归来》(*Le Retour de l'Enfant prodigue*)；与画家莫里斯·德尼(Maurice Denis)前往柏林。

1908 年　出版《书信中的陀思妥耶夫斯基》(*Dostoïevsky d'après sa correspondance*)。

1909 年　出版《窄门》(*La Porte étroite*)、《奥斯卡·王尔德》(*Oscar Wilde*)；与朋友们共同创办《新法兰西评论》(*La Nouvelle Revue française*)。

1911 年　出版《伊莎贝尔》(*Isabelle*)、《新遁词》(*Nouveaux Prétextes*)、《查理-路易·菲利普》(*Charles-Louis Philippe*)、《*C.R.D.N.*》(1920 年以全名出版，即《科里同》)；与加斯东·伽利玛等人共同创办"新法兰西评论出版社"，即日后的伽利玛出版社。

1912 年　出版《拔示巴》（*Bethsabé*）；拒绝出版普鲁斯特的作品《在斯万家那边》，后对此表示追悔莫及；与盖翁去意大利旅行。

1913 年　出版《不要审判：重罪法庭备忘录》（*Ne jugez pas: souvenirs de la cour d'assises*）；到意大利旅行；结识罗杰·马丁·杜加尔（Roger Martin du Gard）。

1914 年　出版《梵蒂冈地窖》（*Les Caves du Vatican*），导致与克洛岱尔绝交。

1916 年　面临宗教信仰危机，一度打算改信天主教，最终放弃。

1917 年　与马克·阿莱格雷（Marc Allégret）相恋；玛德琳疏远纪德。

1918 年　与阿莱格雷前往英国，引发了婚姻危机，后得知玛德琳烧毁了两人的所有信件。

1919 年　出版《田园交响曲》（*La Symphonie pastorale*）。

1920 年　出版《科里同》（*Corydon*），但仅为小众发行，共计 21 本。

1921 年　出版《纪德选集》（*Morceaux choisis*）。

1922 年　出版《难道你也是……？》（*Numquid et tu... ?*）

1923 年 与伊丽莎白·冯·雷塞尔贝格（Élisabeth van Rysselberghe）的女儿卡特琳娜（Catherine）出生。

1924 年 出版《科里同》的公开首版、《偶然》（*Incidences*）。

1925 年 出版《性格》（*Caractères*），成为伦敦皇家文学院院士；与阿莱格雷前往非洲旅行。

1926 年 出版《伪币制造者》（*Les Faux-monnayeurs*）、《如果种子不死》（*Si le Grain ne meurt*）。

1927 年 出版《刚果之行》（*Voyage au Congo*）、《丹蒂基》（*Dindiki*）。

1928 年 出版《乍得归来》（*Le Retour du Tchad*）。

1929 年 出版《女子学校》（*L'École des femmes*）、《蒙田评论》（*Essai sur Montaigne*）、《始料不及》（*Un Esprit non prévenu*）；前往阿尔及利亚旅行；开始接触共产党人，经常与安德烈·马尔罗（André Malraux）和朱利安·格林（Julien Green）来往。

1930 年 出版《罗贝尔》（*Robert*）、《被囚禁的普瓦捷女人》（*La Séquestrée de Poitiers*）、《勒杜罗

案件》(*L'Affaire Redureau*)。

1931 年　出版《俄狄浦斯》(*Œdipe*)、《杂谈》(*Divers*)；发表《肖邦笔记》(*Notes sur Chopin*)，后于 1948 年出版成书。

1932 年　开始出版《纪德全集》(*Œuvres complètes*)。

1933 年　前往洛桑旅行。

1934 年　出版《珀尔塞福涅》(*Perséphone*)、《日记 1929—1932》(*Pages de Journal 1929–1932*)；与马尔罗前往柏林呼吁释放共产党人。

1935 年　出版《新食粮》(*Les Nouvelles Nourritures*)；参加第一届国际作家保卫文化大会。

1936 年　出版《热纳维埃芙》(*Geneviève*)、《访苏归来》(*Retour de l'U.R.S.S.*)、《日记 1932—1935》(*Nouvelles Pages de Journal 1932–1935*)；应邀前往苏联访问，在红场发表纪念高尔基的演讲。

1937 年　出版《〈访苏联归来〉之补充》(*Retouches à mon Retour de l'U.R.S.S*)，批判斯大林主义。

1938 年　到西非旅行；玛德琳去世。

1939 年　出版《日记 1889—1939》(*Journal 1889–1939*)；到埃及和希腊旅行。

1941 年　出版《发现亨利·米肖》（*Découvrons Henri Michaux*）；与《新法兰西评论》决裂。

1942 年　出版《戏剧集》，包括《扫罗》（*Saül*）、《康多尔王》（*Le Roi Candaule*）、《俄狄浦斯》（*Œdipe*）、《珀尔塞福涅》（*Perséphone*）、《第十三棵树》（*Le Treizième Arbre*）；前往突尼斯。

1943 年　出版《想象的采访》（*Interviews imaginaires*）；由突尼斯前往阿尔及尔，在阿尔及尔与戴高乐将军见面，几个月后前往摩洛哥。

1944 年　创办杂志《方舟》（*L'Arche*）。

1945 年　回到巴黎。

1946 年　出版《忒休斯》（*Thésée*）、《文学回忆与现实问题》（*Souvenirs littéraires et problèmes actuels*）、《日记 1939—1942》（*Journal 1939–1942*）、《回归》（*Le Retour*）；《田园交响曲》被翻拍成电影；前往埃及、黎巴嫩。

1947 年　出版《保罗·瓦莱里》（*Paul Valéry*）、《诗学》（*Poétique*）、《审判》（*Le Procès*）、《独裁者》（*L'Arbitraire*）；前往德国旅行；获得牛津大学荣誉博士学位；获得诺贝尔文学奖。

1948 年　出版《序言》(*Préfaces*)、《相遇》(*Rencontres*)、《颂歌》(*Éloge*)、《与弗朗西斯·雅姆的通信集》(*Correspondance 1893–1938*)。

1949 年　出版《秋天的散页》(*Feuillets d'automne*)、《罗贝尔或普遍利益》(*Robert ou l'Intérêt général*)、《与保罗·克洛岱尔的通信集》(*Correspondance 1899–1926*)；主编《法国诗歌选》(*Anthologie de la poésie française*)。

1950 年　出版《日记 1942—1949》(*Journal 1942–1949*)、《介入文学》(*Littérature engagée*)；到意大利旅行；剧作《梵蒂冈地窖》首演；与萨特在位于卡布里斯的家中见面并留有影像资料。

1951 年　2 月 19 日去世于巴黎；出版《埃及 1939》(*Égypte 1939*)、《现在，永存于你身上》(*Et nunc manet in te*)。

王明睿　编译